Sara Rattaro
Die Zerbrechlichkeit der Liebe

PIPER

Zu diesem Buch

Alberto führt ein glückliches Familienleben, bis er eines Tages seiner ersten großen Liebe wiederbegegnet. Camille hatte ihn und Italien damals verlassen, um in Paris Karriere als Ballerina zu machen. Jetzt, 18 Jahre später, steht sie wieder vor ihm, und Alberto ist machtlos gegen die lange verdrängten Gefühle, die nun wieder Besitz von ihm ergreifen. Was soll er tun? Mit Camille ein neues Leben beginnen? Oder bei seiner Frau und seinen beiden Kindern bleiben, von denen ihn der stumm geborene Matteo ganz besonders braucht. Das Drama nimmt seinen Lauf, als ihn seine 14-jährige Tochter Alice auf der Straße trifft – in den Armen Camilles …

Sara Rattaro, 1975 in Genua geboren und aufgewachsen, studierte Biologie und Kommunikationswissenschaften und arbeitet heute als Pharmavertreterin. Ihre Passion fürs Schreiben begleitet sie schon ein Leben lang. »Mehr als mein Leben«, ihr zweites Buch, wurde in Italien zum Überraschungsbestseller. Auch ihr jüngster Roman, »Die Zerbrechlichkeit der Liebe«, feierte in Italien große Erfolge und wurde in viele Länder verkauft.

Sara Rattaro

DIE ZERBRECHLICHKEIT DER LIEBE

Roman

Aus dem Italienischen von
Christiane Burkhardt

Piper München Zürich

Mehr über unsere Autoren und Bücher:
www.piper.de

Von Sara Rattaro liegen bei Piper vor:
Mehr als mein Leben
Die Zerbrechlichkeit der Liebe

MIX
Papier aus verantwortungsvollen Quellen
FSC www.fsc.org
FSC® C083411

Deutsche Erstausgabe
1. Auflage Oktober 2014
2. Auflage Oktober 2014

Published & Translated by arrangement with Silvia Meucci Agenzia Letteraria – Milano
Titel der italienischen Originalausgabe:
»Non volare via«, Garzanti, Mailand 2013

Umschlaggestaltung: Mediabureau di Stefano, Berlin
Umschlagabbildung: Mohamad Itani/Arcangel Images und Eerik/iStockphoto
Satz: Greiner & Reichel, Köln
Gesetzt aus der Minion
Papier: Munken Print von Arctic Paper Munkedals AB, Schweden
Druck und Bindung: CPI books GmbH, Leck
Printed in Germany ISBN 978-3-492-30611-9

Für Maddalena und Carlotta

HAUPTSACHE, DIE NERVEN BEHALTEN!

Alice

Als ich von deiner Existenz erfuhr, traf mich fast der Schlag. Ich hatte nicht die geringste Lust auf einen Neuankömmling in der Familie. Mama, Papa und ich verstanden uns prächtig. An besagtem Abend goss es in Strömen, und der Donner hatte etwas Bedrohliches. Am liebsten hätte ich Mama gesagt, dass es keine gute Idee ist, dich in dieser Nacht zur Welt zu bringen. Aber sie war viel zu aufgeregt, und sie tat wie immer so, als wäre alles bestens. Obwohl sie schreckliche Schmerzen hatte, kümmerte sie sich darum, dass ich nicht allein war und sie nicht schreien hörte.

Dann kamst du, und ich weiß noch, wie friedlich du in ihren Armen geschlafen hast, als ich das Krankenhauszimmer betrat – ganz so, als gehörte sie nur dir. So schnell würde ich dich wohl nicht wieder los. Sie drückte dich fest an sich. Unsicher blieb ich vor dem Bett stehen und starrte dich an, bis Mama die Hand nach mir ausstreckte und mich an sich zog.

»Ali, das ist Matteo, dein Bruder. Du wirst eine wichtige Rolle in seinem Leben spielen.« Während Papa Hunderte von Fotos machte, legte ich den Kopf auf ihren Arm, direkt neben dich. Ich glaube, damals hat alles angefangen. Wie in den schönsten Märchen mit einem schlichten »Es war einmal …«.

Alle fanden dich wunderschön. Mama lobte dich, weil du so brav warst und sie fast sieben Stunden am Stück hast schlafen lassen und in regelmäßigen Abständen getrunken hast. Ich war nicht beeindruckt, schließlich tat ich das schon seit acht Jahren, und niemand machte sich die Mühe, mich dafür zu loben. Freunde, Verwandte und Nachbarn pilgerten zu uns nach Hause, um dich kennenzulernen. Eines Abends lud Papa sogar all seine Kollegen ein, auch die legendäre Greta, seine Sekretärin – eine Frau, die etwa in Papas Alter sein musste und längst nicht so hässlich war, wie er immer behauptete. Ich glaube, Mama entging das ebenso wenig, aber genau wie ich sagte sie nichts dazu. So war Papa nun mal: ein sympathischer Charmeur.

Einige Monate später wurde alles anders. Mama war gereizt und weinte oft, während Papa irgendwie verloren wirkte. Auf einmal kam dich niemand mehr besuchen, und gelobt wurdest du auch nicht mehr. Sie gingen seltsam mit dir um und verglichen dich ständig mit anderen Kindern. Auf mich hast du gewirkt wie immer. Deshalb trat ich eines Abends an deine Wiege und begann, dich näher zu untersuchen. Ich suchte nach einer Fehlbildung. Ich zog dich mehr oder weniger aus und sah auch zwischen den Zehen, im Nacken und unter den Achseln nach, konnte aber nichts Auffälliges entdecken. Ich weiß noch, dass du mich dabei angesehen und gelacht hast – vielleicht weil ich dich gekitzelt hatte. Sofort rannte ich in die Küche zu meinen Eltern und sagte: »Ich habe ihn genau untersucht, mit Matteo ist alles in Ordnung. Außerdem lacht er immer, deshalb gefällt er mir besser als der kleine Bruder meines Schulfreunds, denn der schreit ständig. Warum nehmen wir ihn nicht einfach, wie er ist?«

Mamas Augen füllten sich mit Tränen, und sie umarmte mich stumm, während Papa mir erklärte, das Problem befinde sich in deinen Ohren. Trotzdem würdest du ein gutes Leben haben, aber ich müsse immer in deiner Nähe bleiben und dich beschützen. Und ich habe ihm geglaubt.

Als du größer wurdest, gingst du fast jeden Nachmittag zur Logopädin. Eines Tages musste ich auch mit, weil Oma nicht auf mich aufpassen konnte und Papa bei der Arbeit war.

Mama kaufte mir ein Malbuch und sagte, deine Sitzung würde länger dauern. In dem Zimmer war es still, bis auf die Stimme der Logopädin Iris, die dir die immer gleiche Frage stellte.

»Also, Matteo, schau dir diese Zeichnung gut an. Du siehst fünf Vögel auf einem Zweig. Wenn einer wegfliegt, wie viele Vögel bleiben dann übrig?«

Vier, dachte ich. Es war ganz leicht, aber du hast nicht reagiert.

»Matteo, du siehst fünf Vögel auf einem Zweig. Wenn einer wegfliegt, wie viele Vögel bleiben dann übrig?«

Keine Antwort. Mama erstarrte, denn Iris' Stimme wurde schneidend, als wollte sie dich beschimpfen.

»Warum antwortet Matteo nicht?«, fragte ich und schaute von meiner Zeichnung auf, als du, unschuldig wie ein kleiner Spatz, sagtest: »Aber warum fliegt er weg?«

Iris schrie dich an: »Ich habe dich nicht gefragt, warum er wegfliegt, sondern wie viele übrig bleiben, Matteo!«

Mama hielt die Luft an und sagte dann mit bebender Stimme: »Warum schreien Sie ihn so an? Matteo hat doch nur eine Frage gestellt!«

Und genau dort, in dem kleinen Zimmer mit den bunt zusammengewürfelten Stühlen, ging Mama vor mir auf die Knie, trocknete ihre Tränen und sagte: »Alice, egal, was passiert, du wirst ihm immer helfen! Versprichst du mir das?«

Ich nickte und strich ihr über die Wange.

Noch heute, wenn ich es wieder mal nicht schaffe, mehr als ein paar Tage von dir getrennt zu sein, sage ich automatisch, dass die Vögel an allem schuld sind – das bringt Mama zum Lachen.

Es kommt nicht darauf an, was geschieht, sondern wie man damit umgeht. Es kann einem dabei helfen, erwachsen zu werden. Denn zu einer wirklich sicheren Erkenntnis gelangt man erst durch einen schweren Fehler, einen Patzer oder eine schmerzhafte Erfahrung.

An dieser Geschichte möchte ich nur eines korrigieren: Du bist derjenige, der eine sehr wichtige Rolle in meinem Leben gespielt hat und immer noch spielt.

ERSTE REGEL:
SCHÜTZE DEINEN KÖNIG!

Alberto

1.

Ordnung machen – das bringt man uns bei. Erst die Spielsachen, dann unser Zimmer. Erst außen, dann innen.

Wir schreiben Zahlen in Spalten, damit die Rechnung aufgeht, achten strikt darauf, den Schreibtisch aufzuräumen, und sortieren Strümpfe zwanghaft nach Farben. Wir bringen Belege in Ordnung, Verträge, den Motor, wenn er zu laut dröhnt. Wir rücken die Waschmaschine zurecht sowie die Köpfe unverschämter Rechthaber. Und zwar, weil wir es gelernt haben. Es steckt in uns drin, wir können es einfach nicht lassen. Aber wenn es um unser eigenes Leben geht, regiert das Chaos. Denn Ordnung zu machen bedeutet immer auch, eine innere Logik zu erkennen, eine Wahl zu treffen – sprich, sich von etwas zu trennen. Oder von jemandem.

»Alberto, Alice ist verschwunden!« Sandras Stimme dröhnte in meinem Kopf.

»Wie bitte?«

»Sie war nicht beim Tennis, und ihr Handy ist aus.«

»Beruhige dich! Bestimmt hat sie das Training vergessen. Du weißt doch, dass es ihr keinen Spaß macht. Wahrscheinlich hatte sie einfach keine Lust. Du wirst schon sehen, heute Abend hat sie mit Sicherheit eine Erklärung dafür.«

»Was redest du denn da? Wenn es so einfach wäre, hätte ich dich doch nicht angerufen. Alice ist verschwunden, und ich habe Angst, dass ihr etwas zugestoßen ist!«

Und ob ihr etwas zugestoßen ist!, hätte ich am liebsten gesagt.

»Hast du ihre Freundinnen angerufen?«, fragte ich und versuchte, auf sie einzugehen, um keinen Verdacht zu erregen.

Wenn Alice verschwunden war, ohne etwas zu sagen, hatte ich vielleicht noch die Chance, mich aus der Affäre zu ziehen: Vielleicht konnte ich sie überzeugen, dass das Ganze nur ein Missverständnis war oder zumindest nichts von Bedeutung. Sie war schließlich kein Kind mehr, sondern eine Frau, und so sind Frauen nun mal: Nichts lieben sie mehr als das Schuldeingeständnis eines reuigen Mistkerls.

»Natürlich habe ich sie angerufen. Seit Schulschluss hat niemand mehr was von ihr gehört. Ich werde die Polizei benachrichtigen.«

»Die Polizei? Ist das nicht etwas voreilig? Es gibt bestimmt eine ganz harmlose Erklärung dafür, wahrscheinlich will sie bloß ein bisschen allein sein.«

»Alberto, sie ist erst sechzehn! Was ist nur in dich gefahren? Vielleicht hatte sie einen Unfall oder wurde entführt! Wie kannst du, nach allem, was man in den Nachrichten sieht, so ruhig bleiben?«

»Hör zu, ich komm gleich nach Hause. Aber bitte beruhige dich doch und überleg noch mal, wo sie sein könnte. Wenn sie bis zu meiner Rückkehr nach wie vor nicht da ist, können wir immer noch die Polizei benachrichtigen.«

»Einverstanden.«

Ich wusste, dass sie gleich nach dem Auflegen anfangen würde zu weinen.

Folgendes war passiert:

Camilla und ich schlossen das Eingangstor des Mehrfamilienhauses, in dem sie während unserer Affäre wohnte.

Camilla spähte die Straße hinunter. »Die Luft ist rein!«, flüsterte sie nicht ohne bittere Ironie, und ich folgte ihr. Dann drehte sie sich ganz plötzlich um und sank mir in die Arme. Ihr Parfüm hüllte mich ein, und ihre Lippen waren nur noch Millimeter von meinen entfernt. Ich umschlang die Frau, die ich liebte, und fiel über ihren vollen roten Mund her. Ich fühlte mich wie ein sorgloser Teenager, und in diesem Moment war alles so, wie es sein sollte, sämtliche Diskussionen und Zweifel der letzten Monate lösten sich in Luft auf.

»Papa!« Zwei schrille Silben ließen mich erstarren. Noch immer eng umschlungen fuhren Camilla und ich herum und starrten auf die Person, die für meine Geliebte nichts weiter war als ein für ihr Alter zu stark geschminktes Mädchen: Alice, meine Tochter, stand da, nur wenige Meter von mir entfernt. Breitbeinig, als wäre sie abrupt stehen geblieben, mit offenem Mund und weit aufgerissenen Augen. Das Eis fiel ihr aus der Hand. Kopfschüttelnd wich sie zurück: »Nein, nein, nein!« Ohne mir Zeit zu geben, mich aus der Umarmung zu lösen, drehte sie sich um und lief davon. So schnell, dass ich fast hoffte, mir die Begegnung bloß eingebildet zu haben.

Verletzen, betrügen, Schmerzen zufügen – zu alldem sind wir fähig. Sosehr wir uns auch bemühen, vorsichtig zu sein, so wachsam wir auch sind, bleibt uns anschließend immer nur eine Möglichkeit: die von uns geschlagenen Wunden irgendwie zu heilen.

Ich lief ihr nach, konnte sie jedoch nicht einholen. Wenige Schritte genügten, um mich den Unterschied zwischen einem untersetzten Übervierzigjährigen und einer sportlichen Sechzehnjährigen spüren zu lassen.

Ich ging hinauf ins Büro, weil ich hoffte, sie dort anzutreffen, aber Greta bestätigte nur, was ich bereits ahnte. »Alice war gerade hier und hat nach Ihnen gesucht, Dottore.«

»Und was haben Sie ihr gesagt?«

»Dass Sie beim Zahnarzt sind. Was hätte ich ihr sonst sagen sollen?«

»Haben Sie gefragt, was sie hier wollte?«

»Nein. Sie hat kurz gewartet und ist dann nach unten gegangen, um sich ein Eis zu holen. Sie ist bestimmt gleich wieder da.« Mit diesen Worten ging sie zum Kopierer.

Ich griff zum Handy und wählte die Nummer meiner Tochter. Sofort ging die Mailbox dran.

»Alice, ich bin's, Papa. Ruf mich bitte sofort zurück. Wir müssen reden. Bitte, ich kann dir alles erklären.« Beschwörend fügte ich noch hinzu: »Wir finden schon eine Lösung, versprochen!«

Ich setzte mich an den Schreibtisch und flehte das Telefon an zu läuten. Gleichzeitig suchte ich nach den richtigen Worten: *Alice, es ist nicht so, wie du denkst.* Oder: *Alice, hör zu, ich kann dir das erklären. Sie ist bloß eine alte Freundin, die ich schon ewig nicht mehr gesehen habe …*

Ich schlug mir die Hände vors Gesicht und schimpfte laut: »Wem willst du hier eigentlich was vormachen? Bestimmt ist sie zu ihrer Mutter gerannt, um ihr brühwarm alles zu erzählen. Wie konnte ich nur so dumm sein? Und jetzt?«

Ich weiß nicht, wie lange meine Gedanken um alle nur erdenklichen Ausreden kreisten, bis endlich mein Telefon klingelte. Ich griff danach und bekam eine Gänsehaut: Der Name meiner Frau blinkte vor meinen Augen auf.

Wie stellt man es richtig an, etwas Falsches zu tun? Darüber zerbreche ich mir schon ein Leben lang den Kopf, ohne je zu ei-

nem Ergebnis gekommen zu sein. Und so kollidiert mein ganzer Stolz als Vater und Ehemann mit diesem halb geträumten Traum, und ich fühle mich einfach nur ekelhaft. Dann schiebst du dich in mein Bewusstsein, und ich schmelze sofort wieder dahin – damals wie heute.

2.

Wie besessen rief ich Alice immer wieder an. Ich musste unbedingt als Erster mit ihr sprechen. Ich wusste, dass etwas unwiderruflich zerstört war.

Irgendwann nahm ich mein Jackett und machte mich auf den Heimweg. Die Autofahrt schien kein Ende zu nehmen. Was mich wohl hinter der Wohnungstür erwartete? Alice und ihre Mutter Arm in Arm, eine Art weibliche Allianz gegen mich, den Mistkerl?

Das Telefon klingelte.

»Alice ist immer noch nicht zurück. Ich werde noch wahnsinnig! Wo steckst du?«

»Ich bin gleich da.«

»Du solltest längst hier sein. Was zum Teufel hast du gemacht?«

»Zu viel Verkehr.« Sehr überzeugend klang das nicht.

»Was interessiert mich der Verkehr? Es ist fast sechs, schon viel zu dunkel und Ali …« Ihre Stimme wurde schrill.

»Sandra, beruhige dich! Denk an Matteo, ich will nicht, dass er Angst bekommt.« Ich konnte nur hoffen, dass ihn seine Hörprobleme vor der Aufregung bewahren würden.

Beim Betreten der Wohnung rannte mir Sandra entgegen. Sie hielt einen Zettel und ihr Handy in der Hand.

»Wo ist Matteo?«

»Nebenan bei meiner Mutter. Er hat schon nach seiner Schwester gefragt, und ich weiß nicht, was ich ihm sagen soll. Zum Glück kann er nicht alles hören.«

Ich ging auf sie zu und umarmte sie. »Alles wird gut. Du wirst schon sehen, das ist bloß so eine Eskapade.«

»Wir reden hier von unserer Tochter. Die macht keine *Eskapaden*. Sie hat einen tauben Bruder und von klein auf gelernt, Verantwortung zu übernehmen und pünktlich zu sein. Ich verstehe nicht, wie du unter diesen Umständen so gelassen bleiben kannst!«

Alice, die gemeinsam mit uns die Gebärdensprache büffelt. Die sich weigert, dabei Worte zu benutzen, damit ihr Bruder lernt, auf beide Arten zu kommunizieren. Alice, die mit Matteo Zeichentrickfilme ohne Ton anschaut und sich zwingt, die Untertitel zu lesen. Die mit ihm stundenlang sämtliche Buchstaben des Alphabets durchgeht, so wie die Logopädin es ihr gezeigt hat. Alice, die seine Hörgeräte »Sternchen« nennt. Alice, Alice, Alice … Wann habe ich eigentlich vergessen, wie wichtig du bist?

»Gelassen? Einer von uns beiden muss ja die Ruhe bewahren«, erwiderte ich.

»Das muss wohl an deinen Team-Management-Fortbildungen liegen, dass du so kaltschnäuzig bist. Es ist schon sechs, und wir haben seit ein Uhr nichts mehr von Alice gehört. Ihr ist etwas zugestoßen, und ich …« Ihr versagte die Stimme, und sie fing an zu weinen. Ich zog sie an mich, strich ihr übers Haar. Am liebsten hätte ich ihr gesagt, dass ich unsere Tochter gegen halb vier gesehen hatte, doch ich blieb stumm.

Dann löste sie sich von mir und sagte: »Ich rufe jetzt die Polizei an. Sie ist minderjährig, die müssen was unternehmen!« Und während sie wählte, versuchte ich erneut, meine Tochter anzurufen, in der Hoffnung, ihre Stimme könnte mir die Angst nehmen.

Sie ging nicht ran.

»Vielleicht ist es nur ein dummer Streich. So was kommt bei Teenagern häufig vor. Die meisten sind vor Mitternacht wieder zu Hause«, sagte der Polizist, der nach dem Anruf herbeigeeilt war.

»Es reicht! Wenn ich das noch einmal höre …« Meine Frau stürzte sich auf den Mann in Uniform und schrie: »Meine Tochter tut so was nicht! Es kann doch nicht sein, dass keiner einen Finger rührt!«

Die Worte des Polizisten konnten sie nicht überzeugen. Nicht Sandra.

Sie war eine Mutter, der man sieben Jahre zuvor eine schockierende Nachricht überbracht hatte: »Ihr Sohn leidet an einer schweren Form beidseitiger Hypakusis.« Und obwohl sie damals keine Ahnung gehabt hatte, was das bedeutete, hatte sie sich nicht geschlagen gegeben und beschlossen, alles über diese Hörstörung zu lernen.

Alice war schon sieben, wir selbst waren nicht mehr ganz jung – trotzdem hatten wir das Gefühl, dass etwas fehlte. Deshalb beschlossen wir, Matteo zu bekommen. Es war keine einfache Schwangerschaft, aber wir wollten dieses Kind, wollten nur das Beste für unseren Sohn. Matteo war gesund, schön und stark, und wir setzten große Hoffnungen in ihn. Wir stimulierten ihn mit pädagogisch wertvollen Spielen, Puzzles, Klängen und Übungen, wollten ihm unbedingt alles mit auf den Weg geben, was ihm das Leben erleichtern konnte. Wir hatten Großes mit ihm vor: die internationale Schule direkt nach dem Kindergarten, damit er zweisprachig aufwachsen und sich später als Weltbürger fühlen konnte, Sport und Musikunterricht. Wir hatten jede Menge Pläne, und was wir bei Alice noch vorsichtig erwogen hatten, sollte bei Matteo Realität werden. Wir waren reifer, erfahrener, finanziell abgesicherter und konnten uns diese Förderung erlauben.

Eines Tages kam Sandra beunruhigt nach Hause, den etwas über ein halbes Jahr alten Matteo auf dem Arm. Ich hatte Alice gerade von ihrer Oma abgeholt und sah mir mit ihr einen Zeichentrickfilm an.

Meine Frau erzählte, wie sich ein Mädchen in Matteos Alter zu ihrer Mutter umgedreht hatte, als die es rief, während unser Sohn nicht zu hören schien, wenn man seinen Namen rief.

»Er ist ein Junge, Sandra. Du vergleichst ihn mit Mädchen … Wir sind eben langsamer von Begriff, darüber beschwert ihr euch doch immer. Matteo ist da bestimmt keine Ausnahme. Du wirst schon sehen: Wenn wir es am wenigsten erwarten, wird er einem Ball nachjagen, um seine Gegner herumdribbeln, ein phantastisches Tor schießen und sich dann nach der Fankurve umdrehen, die seinen Namen skandiert.«

In den kommenden Wochen wurde Sandra immer nervöser. »Er kann Schubladen aufziehen und Bauklötze aufeinanderstapeln, aber er spricht kein Wort.«

»Warst du mit ihm beim Kinderarzt?«

»Ja. Der hat hinter seinem Rücken mit einem Glöckchen geklingelt, und daraufhin hat er sich bewegt. Deshalb meint der Arzt, es sei alles im grünen Bereich. Trotzdem hat er mir geraten, einen Neurologen aufzusuchen, um auf Nummer sicher zu gehen.«

»Findest du das nicht etwas übertrieben? Ein Neurologe? Unser Sohn ist perfekt. Gönn ihm doch diese kurze Zeit ohne jeden Zwang. Wenn du wüsstest, wie gern ich wieder in seinem Alter wäre und nur ans Essen und Schlafen denken müsste!«

Anschließend strich ich ihr über die Wange, küsste sie, weil ich nicht ganz so herzlos erscheinen wollte, und flüsterte: »Es ist alles in bester Ordnung. Außerdem braucht Matteo eine Mutter, die sich keine Sorgen macht. Er wird sich noch ein Leben lang mit hysterischen Frauen herumschlagen müssen. Nimm ihm nicht gleich sämtliche Illusionen.«

Matteo lutschte schläfrig an seinem Daumen. Sandra legte ihn in die Wiege, und er schlief friedlich ein.

»Soll ich dir ein heißes Bad einlassen? Ich pass schon auf Matteo auf, damit du dich ein bisschen entspannen kannst.«

»Ich habe keine Lust zu baden, Alberto. Ich werde den Gedanken einfach nicht los, dass etwas nicht stimmt. Ich spüre es, schließlich bin ich seine Mutter. Bei Alice war das anders …«

»Bei welcher Alice? Bei unserer Tochter, die nur Einser schreibt, seit sie sechs ist?«, fragte ich betont ironisch. Dann nahm ich ihre Hände und fuhr fort: »Alice ist phantastisch, genau wie du! Und Matteo kommt eben ganz nach seinem Vater. Tut mir leid, aber er ist nun mal ein Junge. Und bei uns ist der Unterschied zwischen einem halben Jahr und vierzig gar nicht so groß!« Ich hoffte, ihr ein Lächeln zu entlocken.

Sie seufzte und wirkte nicht sehr überzeugt. Also beschloss ich zu handeln.

»Nimm mir das jetzt nicht übel, mein Schatz, wir machen gleich hier einen Test, dann sind all deine Sorgen vergessen, versprochen!«

»Was hast du vor?«

Ich ging in Alices Zimmer, nahm ihren Kassettenrekorder und stellte ihn neben die Wiege.

»Alberto, er schläft!«

Ich drückte auf die Play-Taste und drehte den Lautstärkeregler bis zum Anschlag auf. Ein schrilles Quietschen hallte von den Wänden wider. Sandra zuckte zusammen. Sie streckte die Arme nach der Wiege aus und wollte das Kind sofort hochnehmen. Ich riss die Augen auf.

Dann starrten wir Matteo an, der selig schlief.

Das hatte ich eigentlich nicht beweisen wollen.

»Signora, ich weiß, was ich tue. Bitte machen Sie mir eine Liste mit allen Orten, an denen Ihre Tochter sich aufhalten könnte, und mit allen Personen, die wir befragen können.« Der Polizist versuchte, sich kooperativ zu zeigen, um Sandra zu beruhigen.

»Aber wenn ich wüsste, wo sie steckt, hätte ich Sie wohl kaum gerufen.«

»Trotzdem, wir sollten nichts unversucht lassen. Hat Ihre Tochter einen Freund? Könnte sie durchgebrannt oder davongelaufen sein?«

»Nein, sie hat keinen Freund.«

»Entschuldigen Sie, Signora, aber oft erfahren das die Eltern zuletzt. Fällt Ihnen kein Freund ein, von dem sie öfter spricht? Das kann ein Schulfreund sein oder der Sohn eines Bekannten.«

Sandra schüttelte weiterhin den Kopf.

»Ist etwas Ungewöhnliches vorgefallen? Etwas, das sie verstört haben könnte?«

Mir fiel das Herz in die Hose.

»Nein, sie ist ganz normal zur Schule gegangen. Dann hat sie die Tennisstunde ausfallen lassen und ist verschwunden.«

»Tennis macht ihr keinen Spaß«, mischte ich mich ein, in dem Versuch, die Wogen zu glätten.

»Gut, das könnte bedeuten, dass sie absichtlich nicht hingegangen ist, und dann …«

»Dann was? Es ist sieben Uhr abends. Selbst wenn sie noch eine Runde gedreht hätte, wäre sie längst wieder zu Hause. Sie weiß, dass ihr Bruder Angst bekommt, wenn sie nicht pünktlich zurück ist. Sie hätte ihm Bescheid gegeben!«

»Sie hätte ihrem Bruder Bescheid gegeben? Wo ist er, und wie alt ist er?«

»Matteo ist acht und hörgeschädigt. Er braucht seine Routine, sie gibt ihm Sicherheit. Es ist wichtig, dass wir gemeinsam essen, und zwar immer zur selben Zeit. Alice weiß das.« Wie ein Ballon, aus dem Luft entweicht, ließ sie sich aufs Sofa fallen. »Ich flehe Sie an, unternehmen Sie etwas!« Sie rollte sich zusammen und fing an, abermals zu weinen.

»Das Handy Ihrer Tochter, auf wen läuft das?«

»Auf mich«, erwiderte Sandra.

»Das vereinfacht die Dinge. Wir können ihre Mailbox abhören. Haben Sie die PIN, Signora?«

Sandra war sprachlos. Nie wäre es ihr eingefallen, die Anrufe von Alice abzuhören. Das traf sie unvorbereitet. Während sie aufstand, sagte sie: »Ich weiß sie nicht auswendig, aber ich glaube, sie steht im Vertrag oder liegt in der Originalverpackung.« Sie ging sie holen.

So langsam wurde ich nervös. »Da werden unsere heutigen

Nachrichten drauf sein. Wir haben sie bestimmt tausendmal angerufen.«

Sandra kehrte mit einer Schachtel und diversen Unterlagen zurück. »Sie müsste hier drin sein«, meinte sie und übergab alles dem Beamten, der anfing zu lesen.

»Da ist sie!«, hörte ich ihn rufen und hoffte, irgendetwas würde sie ablenken.

»Falsche PIN. Leider hat Ihre Tochter die PIN zum Abhören ihrer Mailbox geändert. Haben Sie irgendeine Ahnung, wie sie lauten könnte?«

»Vielleicht ihr Geburtsdatum, 0906«, murmelte Sandra.

»Nein. Fällt Ihnen noch etwas ein?«

»Versuchen Sie's mit 1207!«

»Jawohl, die stimmt. Sehr gut!« Der Beamte strahlte, als wäre das ein Spiel.

»Das ist Matteos Geburtsdatum«, flüsterte Sandra und streckte ihre eiskalte Hand nach mir aus.

3.

Der Beamte hielt nach wie vor das Handy. Die metallische Stimme der Mailbox hatte gebeten, die PIN einzugeben und anschließend die Raute-Taste zu drücken.

Sie haben acht neue Nachrichten. Erste Nachricht.

Ich spürte, wie mir ganz heiß wurde.

»Schätzchen, ich bin's, Mama. Ruf mich bitte sofort zurück«, heute, 15 Uhr 37.

Dann hörte man meine Stimme: *»Alice, ich bin's, Papa. Ruf mich bitte sofort zurück. Wir müssen reden. Bitte, ich kann dir* *alles erklären. Wir finden schon eine Lösung, versprochen!«, heute, 15 Uhr 53.*

Sandra blinzelte ungläubig und drehte sich langsam zu mir um. Ich schwieg, während meine vom Band kommende Stimme immer panischer klang.

»Ich habe dich heute Nachmittag um 16 Uhr 11 verständigt«, sagte sie nach einem kurzen Blick auf ihr Handy. Und noch bevor der Polizist eins und eins zusammenzählen konnte, baute sich meine Frau drohend vor mir auf: »Was war da heute los mit Alice?«

»Sandra, ich kann dir alles erklären …«

»WAS willst du mir erklären? Ich versuche schon den ganzen Tag, sie zu erreichen, und du willst mir *jetzt* was erklären? WO ZUM TEUFEL STECKT MEINE TOCHTER? UND WAS IST HEUTE PASSIERT?«

»Ich habe sie gesehen. So gegen halb vier, ganz in der Nähe von meinem Büro … Es ging ihr gut, ehrlich!«

»Und? Was hat sie zu dir gesagt? Warum kommt sie nicht nach Hause? Warum war sie bei dir?« Sandra schrie wie am Spieß. »Alberto, los, raus mit der Sprache! Was willst du vor mir verheimlichen?« Ihr Gesicht war knallrot vor Wut.

»Ich habe nicht mit ihr gesprochen. Sie ist sofort weggelaufen.«

»Sie ist weggelaufen?«

»Ja.«

»Wovor? Hast du sie bei etwas Verbotenem ertappt?«

Ihr blindes Vertrauen in mich gab mir endgültig den Rest.

Vertrauen und Respekt: Davon war unsere Beziehung geprägt gewesen, bevor ich mit Camilla eine Affäre anfing.

Ich kann mich noch gut daran erinnern, wie wir mit Matteo im Krankenhaus waren. Nach dem tragischen Experiment mit dem Kassettenrekorder suchten wir so schnell wie möglich einen Spezialisten auf und hofften, dass es sich nur um eine vorübergehende, gut behandelbare Störung handelte.

Der Neurologe benutzte eine ganz simple Testmethode: Während eine Krankenschwester unser Kind optisch ablenkte, machte er irgendwelche Geräusche. Doch Matteo starrte weiterhin auf die Hände der Schwester, die mit einem bunten Fächer wedelte.

Sandra tat alles, was man ihr auftrug – mit der Nervosität einer Mutter, die Angst hat, etwas übersehen zu haben. Es war dieselbe Nervosität, mit der sie mich direkt nach Matteos Geburt gebeten hatte, seine Finger und Zehen zu zählen. Die Ärzte und Schwestern liefen mit ernster Miene stumm auf und ab. Ich versuchte, mich nicht von meinem Schmerz überwältigen zu lassen. Sandra sah mich immer wieder fragend an, so als wüsste ich die Antwort. Irgendetwas stimmte nicht, und sie hatte es als Erste gespürt.

»Ich möchte eine ganz bestimmte Untersuchung durchführen«, sagte der Arzt ohne jedes weitere Wort der Erklärung. »Dafür muss ich das Kind in Narkose versetzen.« Wir willigten ein und unterschrieben ein paar Formulare, kurz darauf dämmerte Matteo weg. Sein ganzer Kopf war mit Gel und Elektroden bedeckt, außerdem setzte man ihm einen riesigen Kopfhörer auf. Weil sein Kopf noch so klein war, musste ich aufpassen, dass er nicht herunterfiel.

Nach der Untersuchung gingen wir ins Wartezimmer, um Matteo in Ruhe wieder anzuziehen. Wir setzten uns zu einer Frau und einem Kleinkind, das Hörgeräte trug.

Als Sandra das sah, drückte ich tröstend ihre Hand. Die andere Mutter sagte: »Nur eines ist noch schwieriger als Taubheit: zusammenhalten und lernen, damit umzugehen.«

Wir sollten ihre Worte nie kommentieren, hatten stets Wichtigeres zu tun. Aber in diesem Moment begriff ich, dass sie unsere Rettung waren: Sie schweißten uns zusammen, bestärkten uns in dem Glauben, dass wir es schaffen würden – schon allein Alice und Matteo zuliebe. Wir waren anders als andere, wir würden sogar dieses Meer der Stille überwinden.

Und tatsächlich bestanden wir diese schwere Prüfung, nur um aus heiterem Himmel von etwas völlig Unerwartetem komplett aus der Bahn geworfen zu werden.

Eine auf hörgeschädigte Kinder spezialisierte Psychologin erklärte uns, dass viele Eltern auf die Diagnose Taubheit reagierten, als wäre ihr Kind gestorben. Ich kann mich nicht mehr an ihre genauen Worte erinnern, aber es war, als müssten wir all unsere Hoffnungen und Träume für unseren Sohn begraben.

Nach der ersten Sitzung waren wir am Boden zerstört. Immer wenn Sandra kurz davorstand, in Tränen auszubrechen, gab sie mir Matteo.

»Zu der Frau gehe ich nie mehr!«

»Schatz, wir schaffen das nicht allein. Geben wir ihr noch eine Chance! Wir müssen so viel lernen.«

Ich konnte sie überzeugen, und irgendwie fühlte es sich an, als hätten wir das Schlimmste überstanden. Jetzt mussten wir nur noch lernen, damit klarzukommen. Und das gelang uns erstaunlich gut.

»Sie müssen immer mit Matteo in Kontakt bleiben und versuchen, über Dinge, die er mag, eine Beziehung zu ihm aufzubauen. Außerdem steht ein Hörtraining an, denn nur damit kann er sprechen lernen. Sie sind noch so rechtzeitig dran, dass sich gute Ergebnisse erzielen lassen.«

Nach der zweiten Sitzung waren wir schon zuversichtlicher, und irgendwann wollten wir nicht mehr auf diese Treffen verzichten.

»ALBERTO!«, schrie Sandra dermaßen wütend und verzweifelt, dass alle sie hören konnten, sogar Matteo. Aber das war ihr völlig egal.

Weil wir sie jemandem schulden.
Weil wir keine andere Wahl haben.
Oder weil wir nicht wissen, was wir sonst sagen sollen:
Deshalb sagen wir die Wahrheit.

»Ich war mit einer Frau zusammen und … es tut mir leid.«

Schweigen. Der Polizist war merklich angespannt, ließ meine Frau nicht aus den Augen, denn wer wusste, wozu sie in diesem Moment fähig war. Gut möglich, dass er einschreiten musste.

Sandra schluchzte. »Wie bitte? WAS? Wer ist sie? Was habt ihr gemacht? Du kannst keine Geliebte haben. Wir können unmöglich …« Und dann schien sie auf einmal zu begreifen: »Du widerlicher Mistkerl! Du Arschloch! Reicht dir das, was ich jeden Tag durchmachen muss, etwa immer noch nicht?«

Nicht der Tod macht uns Angst, sondern das Leben. Sobald wir eine Ahnung davon bekommen, wie schwierig und kompliziert es ist, begreifen wir, dass sich von jetzt auf gleich alles ändern kann.

Im Wohnzimmer durchbrach Matteos gutturale Stimme die Stille. »Ma-ma.«

Seufzend ging Sandra vor ihm in die Hocke. »Alles ist gut,

mein Schatz, mach dir keine Sorgen. Die Oma gibt dir gleich was zu essen.« Während sie ihm über die Wange strich, wiederholte sie den Satz mehrmals.

»A-li-ce?«

»Es geht ihr gut, sie ist bald wieder da.« Letzteres sagte sie in Gebärdensprache, wie um sich Mut zu machen.

Meine Schwiegermutter nahm das Kind an der Hand und führte es in die Küche.

Sandra blieb stumm auf dem Boden hocken.

»Signor Mainardi, schildern Sie uns bitte ganz genau, was heute vorgefallen ist. Das ist wirklich wichtig.«

Der Anblick meiner in sich zusammengesunkenen Frau riss mich aus meiner Erstarrung: »Ich habe meine Tochter so gegen halb vier gesehen. Sie wollte mich im Büro besuchen, aber ich war noch nicht wieder zurück, deshalb ist sie runter auf die Straße, um sich ein Eis zu holen. Dort sind wir uns begegnet.«

»Sie sagten, sie sei weggelaufen, weil sie Sie mit einer anderen Frau gesehen hat. Sie ist also freiwillig verschwunden. Haben Sie irgendeine Idee, wo sie jetzt sein könnte?«

»Wenn ich das wüsste, hätte ich es längst gesagt!«

»Entschuldigen Sie, aber das nehme ich Ihnen jetzt nicht mehr so leicht ab.«

Sandra zog sich am Sofa hoch.

Mit gesenktem Kopf ging sie in die Küche.

4.

»Ich lasse Ihr Viertel und das der Schule von einer Streife durchkämmen. Wahrscheinlich hat Alice an einem Ort Zuflucht gesucht, den sie gut kennt und an dem sie sich öfter aufhält. Hier ist meine Visitenkarte. Sollte Ihnen noch irgendwas einfallen, irgendwelche Details oder Namen, geben Sie mir bitte Bescheid. Das gilt natürlich auch für den Fall, dass sie wieder auftaucht.«

Der Polizeibeamte, der Zeuge eines sehr privaten Gesprächs geworden war, gab mir sein Kärtchen. Ich saß auf dem Sofa und nickte. Dorthin hatte ich mich nämlich aus Angst, die Küche betreten zu müssen, verzogen.

»Ja, einverstanden«, murmelte ich, während er die Wohnung verließ.

Vom Sofa aus konnte ich einen Teil der Küche überblicken. Sandra holte mechanisch Teller aus dem Schrank und räumte sie wieder weg. Dann klammerte sie sich an die Spüle, als wollte sie sie von der Wand reißen. Sie war wütend, aber ihre Angst um Alice war stärker.

Sie drehte sich um, und unsere Blicke trafen sich: Ihrer war einfach nur angewidert, meiner eingeschüchtert. Sie machte die Tür hinter sich zu, damit Matteo nichts mitbekam, und ging dann wie ein wild gewordener Stier auf mich los.

»Du Mistkerl! Hör auf, mich mit diesem Unschuldsblick anzuschauen! Am liebsten würde ich dich rausschmeißen. Sollte ihr irgendetwas zugestoßen sein, ist das allein deine Schuld!« Mit Augen, die ihr beinahe aus dem Kopf quollen, schrie sie: »Sobald sie wieder da ist, packst du deine Koffer!«

Ein Zittern durchlief mich. »Sandra, ich …«

»Was hast du dir bloß dabei gedacht? Los, sag schon, ich bin ganz Ohr! Was hast du gedacht, während du sie gefickt hast? Weißt du, dass es auch Vorteile hat, einen tauben Sohn zu haben? Da muss man sich sprachlich wenigstens nicht zusammenreißen, und darum dürften mich in diesem Moment viele beneiden!« Ihr Atem ging rascher, und sie wurde knallrot. »Wann hast du sie gefickt? Wann, will ich wissen, wann? Als ich mit Matteo bei der Logopädin war? Als ich ununterbrochen das Wort ›Ei-er‹ gebildet habe? Du tust mir einfach nur leid, Alberto. Aber wag es bloß nicht, meine Kinder von dieser Fremden anfassen zu lassen!« Sie schrie und schrie, bis ihre Worte von lautem Schluchzen erstickt wurden. Dann rannte sie davon.

Ich blieb reglos sitzen. Immer wieder gingen mir ihre Worte durch den Kopf. Und immer wieder hatte ich uns vier vor Augen, diese einst so glückliche Familie. Aber es war, als lauschte ich einem Requiem, zu dem zwei junge Leute unbekümmert tanzten.

Ich wischte mir die Tränen aus dem Gesicht und musste daran denken, wie ich neulich nach Hause gekommen war und meine Kinder auf dem Sofa vorgefunden hatte.

Matteo hatte hinter Alice gesessen und sie frisiert, während sie fernsah. Sorgfältig hatte er ihr aschblondes Haar gebürstet, es zu einem Zopf geflochten und mit einer Schleifenspange gesichert.

Was, wenn mein Sohn schwul ist? Es war nicht das erste Mal, dass ich mich das fragte. War er nur wegen seiner eingeschränkten Verständigungsmöglichkeiten so sensibel, oder steckte mehr dahinter? Vielleicht sollte ich mehr Zeit mit ihm verbringen?

Ich ließ meine Aktentasche auf dem Sessel liegen und ging in die Küche.

»Matteo bürstet Alice die Haare?«

»Ja, das macht er jeden Abend. Und unsere Prinzessin lässt es bereitwillig über sich ergehen.«

»Jeden Abend?«

»Ja, immer vor dem Abendessen, manchmal auch am Nachmittag.«

»Ist das normal?«

»Was? Der eigenen Schwester die Haare zu bürsten? Wäre es dir lieber, sie würden streiten?«

»Nein, ich habe mich bloß gefragt, warum er keine Lust auf Jungenspiele hat.«

»Was willst du damit sagen?«

»Nichts. Das war nur eine Feststellung.«

»Und, was hast du festgestellt?«

»Was, wenn er schwul ist?«

Sandra wirbelte herum. »Ja und? Hauptsache, es geht ihm gut, und er muss sich nicht verstellen! Aber vielleicht findet er Mädchenspiele in seiner Welt einfach beruhigender? Hast du darüber schon mal nachgedacht?« Doch sie war noch nicht fertig: »Wenn er es schafft, seine weibliche Seite auszuleben, soll mir das nur recht sein! Dann muss ich mir in dieser Wohnung nicht noch mehr Männerquatsch anhören.«

Ich erwiderte nichts darauf und ging nicht sehr überzeugt zurück ins Wohnzimmer.

Alice erklärte ihrem Bruder gerade etwas, und ich sah, wie sie routiniert Arme und Finger bewegte. Ich verstand nichts, war aber geradezu hypnotisiert von ihren Gebärden. Dann begann Matteo zu lachen, und seine Heiterkeit war so ansteckend, dass er meine dummen Gedanken verscheuchte.

5.

Matteo stand vor mir und zupfte mich am Ärmel. Als ich seinen wachen, wissenden Blick sah, wusste ich, dass es ihm immer irgendwie gelingen würde, sich verständlich zu machen. Ich nahm ihn auf den Schoß, während er gebärdete: »Was ist los?«

»Ich habe Mama verärgert.«

Er sah mich unverwandt an, schien auf eine Erklärung zu warten.

»Schüt-ze dei-nen König und ...« Er sprach jede Silbe einzeln aus, klar und deutlich.

»Wie bitte?«

»So lautet die erste Regel!«

Mein Sohn kam mir so anders vor. Auf einmal konnte ich ihn viel besser verstehen. Er war größer geworden – das Gewicht auf meinen Knien und seine flüssige Aussprache waren der beste Beweis dafür.

»Die erste Regel ...?« Ich hatte die Frage noch nicht beendet, als Matteo bereits von meinem Schoß rutschte.

»Und wie lauten die anderen Regeln? Beherrsche die Mitte? Greif niemals an, wenn du keine gute Verteidigung hast?« Mir fielen die Merksätze wieder ein, mit denen mir mein Vater das Schachspielen beigebracht hatte. Aber Matteo war schon zu weit weg, um mich noch verstehen zu können. Ich hatte diese Regeln schon lange nicht mehr gehört: Andere waren an ihre Stelle getreten – Regeln, die besser geeignet waren, unseren Sohn zu erziehen. Kinder brauchen Routine, denn sie gibt ihnen Sicherheit. Und Matteo war ganz besonders darauf angewiesen. Sandra hatte Regeln aufgestellt, um ihm Manieren beizubringen. Aber Schachregeln? Er konnte unmöglich – oder vielleicht doch? Vermutlich schon: Die Stille, in der er lebte, würde ihm helfen, sich auf das Spiel zu konzentrieren.

»Ich gehe Alice suchen.« Sandra war wieder da, sie trug bereits ihren Mantel. »Ich habe die Eltern ihrer Klassenkameraden um Mithilfe gebeten. Je mehr wir sind, desto besser.« Sie riss die Tür auf und ging hinaus.

Sofort sprang ich auf und rannte hinterher. Alice zu suchen war das einzig Vernünftige, und wir würden es gemeinsam tun.

Eines Abends hatte Sandra einen Nervenzusammenbruch.

»Weißt du, was Taubsein bedeutet?«

Die Psychologin hatte uns gewarnt: Das wahre Ausmaß würde erst ganz allmählich bis zu uns durchdringen.

Ich drückte Sandras Hand, um sie zu trösten.

»Es bedeutet, dass man keine Autos hören kann, geschweige denn ihr Hupen. Wenn Gefahr droht, wird Matteo nichts davon mitbekommen – auch nicht wenn jemand seinen Namen ruft, um ihn zu warnen. Er wird nie in Sicherheit sein.«

In einem Punkt hatte die Psychologin recht: Seine Wahrnehmung würde immer stark eingeschränkt sein. Ich musste an Wellenrauschen denken. An Musik. An die geflüsterten Worte des Menschen, den man liebt. Was hätten wir nicht darum gegeben, mit ihm tauschen zu können!

Sandra begann sofort, sich schlauzumachen. Sie telefonierte alle Bekannten ab, erkundigte sich bei jedem, der vielleicht weiterhelfen konnte, und bekam so den Namen einer Koryphäe, mit der sie wenige Tage später einen Termin vereinbarte.

Das erste Treffen mit dem Experten verlief alles andere als glatt.

»Matteo ist taub.« Das hatten wir eigentlich nicht hören wollen. Wir waren mit der Hoffnung gekommen, die anderen hätten sich getäuscht. »Aber die gute Nachricht ist die, dass er in ein paar Jahren einige Worte sprechen wird – vorausgesetzt, Sie beginnen sofort mit Logopädieübungen. Dass er irgendwann in der Lage sein wird, einem normalen Gespräch zu folgen, ohne den Sprechenden anzusehen, halte ich allerdings für ausgeschlossen.« Bei diesen unnötig brutalen Sätzen sah er uns nicht mal in die Augen, als wäre es unter seiner Würde, sich mit Matteo zu beschäftigen. Mit jedem seiner Worte sackte Sandra mehr in sich zusammen. »Deshalb sollten wir ein Cochleaimplantat in Betracht ziehen.« Endlich schien der ersehnte Moment gekommen zu sein, wenn auch erst nach einem vernichtenden Urteil: der Strohhalm, an den wir uns klammern konnten. »Damit werden ausgezeichnete Ergebnisse erzielt. Es ist, als hätte man ein bionisches Ohr.«

Der Arzt hatte sehr genaue Vorstellungen, nur leider waren wir zu verstört oder zu beschränkt, ihn zu verstehen.

Wir sahen uns an und trauten uns nicht nachzuhaken. Wir waren erschöpft. Seine entschiedenen Worte gaben uns das Gefühl, mit dem Rücken zur Wand zu stehen: Ließen wir Matteo nicht schnellstmöglich operieren, wäre er zu einem Leben unter der Glasglocke verdammt.

Wird er anschließend ein ganz normales Kind sein? Das war alles, was uns interessierte.

Ich hatte starke Zweifel und wusste, dass es Sandra genauso ging. Aber es gelang uns nicht, sie zu artikulieren. Die Angst, damit sämtliche Hoffnungen zunichtezumachen, war einfach stärker.

Unser Schweigen wurde als Zustimmung interpretiert.

Es folgten jede Menge Arztbesuche, Untersuchungen und Gespräche, die nur dazu dienten, herauszufinden, ob Matteo für diesen Eingriff überhaupt geeignet war. Dass unser Sohn so gründlich durchgecheckt wurde, hätte uns eigentlich das Gefühl geben müssen, in guten Händen zu sein. Stattdessen bekamen wir immer mehr den Eindruck, dass die Experten selbst im Dunkeln tappten und in Matteo nur ein Versuchskaninchen im Dienste des Fortschritts sahen.

Irgendwann war es so weit, und Matteo wurde auf die Operation vorbereitet. Man nahm ihm Blut ab und maß seine Temperatur. Sandra war wie betäubt, sie funktionierte nur noch mechanisch. Ich selbst lief nervös auf und ab.

Doch dann geschah etwas Unerwartetes: Im Flur brach eine Frau in verzweifeltes Schluchzen aus. Sandra ging zu ihr, als würde sie sie kennen. Wie sich herausstellte, hatte man ihrer hörbehinderten Tochter ein Cochleaimplantat eingesetzt, es aber wegen einer Infektion wieder entfernen müssen. Nicht was diese Frau sagte und auch nicht das Scheitern des Eingriffs gaben den Ausschlag. Davon darf man zwar nicht ausgehen, aber es kann natürlich vorkommen, schließlich birgt jede Operation gewisse Risiken. Sondern die Art, wie sie Sandra ansah.

Als meine Frau wieder ins Zimmer kam, hatten die Schwestern Matteo gerade auf eine Rollbahre gelegt, um ihn in den OP zu schieben. Wie in Trance sah Sandra, dass er an ihr vorbeigefahren wurde, und sprintete los.

»Stehen bleiben!« Sandra streckte die Hände nach Matteo aus und nahm ihn auf den Arm. »Wir machen es doch nicht! Wir gehen!« Unter den lauten Protesten der Ärzte zog sie mich mit sich fort.

»Sie werden noch weinend angelaufen kommen und mich

auf Knien anflehen, Ihren Sohn zu operieren!«, sagte eine Stimme, die ich mir hoffentlich nur einbildete.

Als wir an diesem Abend ins Bett gingen, wussten wir, dass keiner von uns ein Auge zutun würde.

»Und wenn ich mich falsch entschieden habe? Vielleicht hätte ich nicht so überstürzt handeln sollen!« Sandras Stimme hallte in unserem dunklen Schlafzimmer wider.

»Du bist seine Mutter. Du weißt am besten, was gut für ihn ist.« Ich suchte nach ihrer Hand unter der Bettdecke. Daraufhin schmiegte sie sich an mich, ließ sich von mir in den Arm nehmen.

Von da an ging Matteo viermal die Woche zur Logopädie.

Ich weiß noch, wie ihm Hörgeräte angepasst wurden. Iris, die Logopädin, zeigte uns, wie man die Lautstärke einstellt. Sie erklärte uns, dass wir ihn ganz allmählich daran gewöhnen müssten. Anfangs sollten wir sie nur für ein paar Stunden einschalten, nach ungefähr zwei Wochen dann den ganzen Tag. Die Batterien müssten alle drei, vier Tage ausgetauscht und die Geräte alle drei Wochen kontrolliert werden.

Sie erzählte uns was von viel Zeit und Geduld, so als wüssten wir das nicht längst. Nun lag es an uns, unserem Sohn das Sprechen beizubringen, dafür zu sorgen, dass es zu einer Selbstverständlichkeit wurde. Alles, was wir mit Alice geübt hatten, übten wir jetzt wieder, nur mit viel mehr Aufwand. Sandra hörte auf zu arbeiten, um sich ganz Matteo widmen zu können. Sie erfand neue Spiele, half ihm beim Erkunden seiner Umgebung und bei der Unterscheidung verschiedener Betonungen und Bedeutungsnuancen. Sie überschüttete ihn förmlich mit Fragen oder Ausrufen und brachte ihm bei, Lärm und Stille auseinanderzuhalten. Sie kaufte eine Trommel, Glöckchen, ein Xylofon, Trillerpfeifen und eine Hupe, benutzte sie zuerst vor seinen Augen und dann außerhalb seines Blickfelds. Während ich mich darum kümmerte, dass bei uns und in der Firma die Zahlen stimmten, stellte sie sich dieser gewaltigen Herausforderung. Aber als ich eines Abends nach Hause kam und Matteo sich umdrehte, noch bevor ich ihn berührte, wusste ich, dass sie es schaffen würde. Ich küsste meinen Sohn und wirbelte meine Frau durch die Luft, denn auch sie hatte eine Belohnung verdient.

Es dauerte, bis Matteo sein erstes Wort sagte. Vorher gab er nur verschiedene Laute von sich, hauptsächlich Silben mit A oder O. Sandra hatte auf Iris gehört und bunte Plastikbuchstaben gekauft. Die Konsonanten waren blau, die Vokale rot. Denn wer einem tauben Kind das Lesen beibringen will, muss es erst visuell-akustisch-taktil darauf vorbereiten.

Alice und Sandra verbrachten ganze Nachmittage damit, Silben zu bilden.

»Gib mir das A.«

»Gib mir das O.«

»Matteo, sprich mir nach: MA, MA, MA.«

»Matteo, sprich mir nach: MU, MU, MU.«

Und das immer wieder von vorn, ohne müde zu werden oder sich so etwas wie Enttäuschung anmerken zu lassen. Bis ich eines Tages nach Hause kam und sie noch immer inmitten von Plastikbuchstaben auf dem Teppich vorfand, ein ums andere Mal Silben wiederholend.

Matteo drehte sich zu mir um und sagte treuherzig: »Papa.«

Sandra zuckte zusammen und stieß einen Schrei aus. Dann flüsterte sie wie jemand, der den ersten Platz knapp verfehlt hat: »*Mama!* Du hättest *Mama* sagen müssen!«

Sandra marschierte so entschlossen drauflos, als hätte sie ein festes Ziel. Doch ich wusste, dass sie ebenfalls im Dunkeln tappte – wie ich. Ein Dunkel, das Häuser und Straßen, Bäume und Beete, Bürgersteige und parkende Autos verschluckte.

Sie machte eine Taschenlampe an und ging schnurstracks auf den Park zu. *Nach Einbruch der Dunkelheit dürft ihr nicht mehr am Park vorbeigehen!* Bestimmt tausendmal hatte sie das Alice und Matteo eingeschärft. Der Park machte ihr Angst, zumindest nach Sonnenuntergang.

Tagsüber war er ein einladender Ort voller Mütter, Omas und Babysitter. Doch abends schien er nur noch von Drogendealern und Gestörten bevölkert zu sein – zumindest in der von Fernsehkrimis und Zeitungsberichten angeheizten Phantasie einer besorgten Mutter.

Nach achtzehn Uhr fand Sandra den Park einfach nur unheimlich, und es war direkt rührend zu sehen, wie sie sich ihm jetzt entgegenstellte, nur mit einer kleinen Taschenlampe bewaffnet.

Kaum hatte sie den Eingang erreicht, rief sie Alis Namen, und ich tat es ihr gleich, damit sie sich an diesem gespenstischen Ort nicht so einsam fühlte.

Nach einer Weile verlangsamte sie ihre Schritte und blieb stehen. Als ich sie eingeholt hatte, sagte sie: »Was, wenn wir sie nicht finden?«

»Wir werden sie finden, da bin ich mir sicher!«

»Und wenn nicht? Was, wenn sie nicht mehr nach Hause kommt oder …« Sie schlug die Hand vor den Mund, um ihre größte Angst nicht laut aussprechen zu müssen. Dann holte sie tief Luft und sagte: »Das überleb ich nicht, Alberto! Wenn Ali nicht zurückkommt, werd ich das nicht überleben.«

»Sag so was nicht! Ali wird heil nach Hause kommen.«

Ich trat in den Lichtkegel von Sandras Taschenlampe. Es

war so dunkel, dass ich ihr Gesicht kaum erkennen konnte, trotzdem wusste ich, dass sie weinte.

Als sie sich wieder gefasst hatte, versetzte sie mir einen Stoß vor die Brust. »Wenn ihr etwas zugestoßen ist, ist das allein deine Schuld!« Dann rief sie wieder verzweifelt Alis Namen in die Dunkelheit.

»Sandra, was kann ich tun, damit du mir verzeihst?«

»Das ist wohl kaum der richtige Moment, um über so etwas zu reden. Ich will jetzt nur meine Tochter finden.«

»Im Park finden wir sie ganz bestimmt nicht! Alice ist weggelaufen, weil sie wütend auf mich ist. Das ist ihre Art, mich zu bestrafen. Ich bin mir sicher, dass ihr nichts passiert ist. Bestimmt wird sie schon bald mit ihrem üblichen Flunsch zu Hause auftauchen. Und genau dorthin sollten wir jetzt auch zurückkehren.«

Sie lief einfach weiter, als hätte sie nichts gehört.

In der Ferne tanzten kleine Lichter, die aussahen wie Glühwürmchen, und der Name meiner Tochter kam aus mehreren Richtungen: Nach und nach hatte sich das ganze Viertel versammelt, um sie zu suchen.

»Sandra, ich bitte dich, hör mich an!«

Meine Frau blieb stehen, und ich hatte keine Ahnung, wo wir waren oder in welche Richtung wir gingen. Wir irrten völlig ziel- und planlos umher, aber nur weil uns die Vorstellung, untätig zu Hause herumzusitzen, noch unerträglicher war. Als ich in wenigen Metern Entfernung den Bach rauschen hörte, begriff ich, dass wir das westliche Ende des Parks erreicht hatten.

Genau in diesem Moment ging Sandra auf mich los. »Denkst du eigentlich immer nur an dich? Was soll ich denn deiner Meinung nach sagen? Dass alles in bester Ordnung ist? Dass nicht das Geringste passiert ist und du deine Geliebte behalten darfst? Soll ich ihr vielleicht noch schöne Grüße ausrichten?« Sie holte tief Luft und schlug weiter auf mich ein, während ich langsam zurückwich und versuchte, nicht hinzufallen. »Du bist so was von blöd, denkst immer nur an dich! Aber wir sind zu viert, und ich denke auch an den Rest der Familie: daran, was Alice gerade durchmacht, was Matteo mitbekommen hat und wie sich das wohl auf eure Beziehung auswirken wird. Ich frage mich, was meine Tochter von mir halten wird, falls ich beschließen sollte, dir zu verzeihen oder dich zu verstoßen. Und dann, aber erst dann, denke ich an MEINE Gefühle. Im Moment kann ich dir gar nichts sagen – ganz einfach WEIL ICH NICHT WEISS, WAS ICH FÜHLE!«

Eisiges Schweigen, das nur von unterdrücktem Schluchzen durchbrochen wurde.

»Ich weiß nicht, was werden soll. Aber wenn ich die Kraft dazu hätte, würde ich dir jetzt wehtun. Und das macht mir Angst, denn du bist mein Mann, die Kinder brauchen dich. Doch was, wenn du ihnen auch noch wehtust? Du hast dieses Chaos angerichtet, aber ich bin mal wieder diejenige, die es richten darf.«

»Sandra, es tut mir leid.«

»Das reicht aber nicht, Alberto, das reicht nicht! Mir tut es nicht leid, mir tut es *weh*! Hast du auch nur einen Gedanken an uns verschwendet, wenn du mit ihr im Bett warst? Und wie, glaubst du, fühlt es sich an, von den eigenen Kindern verachtet zu werden?«

»Und, was soll ich jetzt deiner Meinung nach tun?«

»Was du jetzt *tun* sollst? Du hast schon genug getan, findest du nicht?«

Ich hörte, wie sie sich entfernte, dann ein dumpfes Geräusch. Blätter raschelten, Zweige knackten, ein Schrei ertönte, und sie riss mich zu Boden. Die Taschenlampe landete in der alles verschlingenden Dunkelheit.

Sandra war gestolpert und gestürzt. Ich fand mich direkt neben ihr wieder und hätte sie gern umarmt. Vorsichtig streckte ich die Hand nach ihr aus.

»Wir müssen Alice suchen.« Sie stand auf, und meine Hand griff ins Leere.

Vertrauen ist etwas Verletzliches. Es ist nicht unendlich, und wenn es erst mal enttäuscht wurde, lässt sich das kaum wieder rückgängig machen.

»Schau bitte, wo du hintrittst ...«

»Aber wenn es doch stockfinster ist! Du bist schuld, dass ich die Orientierung verloren habe.«

»Wie geht es dir?«

»Alice!« Sie rief erneut nach unserer Tochter.

»Wo wir wohl sind?«

»Am Ende des Parks, in der Nähe des Bachs. Dort, wo man nicht hindarf. So lauten die Regeln, und jetzt wissen wir auch, warum.«

»Was denn für Regeln? Gehört das etwa auch zu Matteos Regeln?«

»Was soll das denn mit Matteo zu tun haben? Das steht auf den Schildern mit der Grünflächensatzung, die überall aufgestellt sind!«

Ich war in Gedanken immer noch bei unserem Sohn und fragte: »Und Matteos Regeln, wie lauten die?«

»Matteos Regeln? Was meinst du damit?«

»Die erste lautet: ›Schütze deinen König.‹ Wie lauten die anderen?«

»Alberto, ich komm da nicht ganz mit! Vielleicht ist es

dir ja noch nicht aufgefallen, aber wir spielen hier nicht Schach.«

Wieder hörte ich Matteos kehlige, gutturale Stimme: »*Schütze deinen König.*« Wieso war ich nicht früher darauf gekommen? Alice und ich hatten oft Schach gespielt, bevor Matteos Taubheit festgestellt worden war. Hatte sie ihrem Bruder dieses Spiel beigebracht? Ich hatte nie gesehen, wie …

Als stünde ich kurz vor der Lösung eines Rätsels, sagte ich: »Beeil dich, wir gehen!«

»Wohin denn?«

»Nach Hause.«

Ich nahm Sandra an der Hand und ging auf den beleuchteten Hauptweg zu. Von dort aus würden wir bestimmt wieder nach Hause finden.

Und so war es auch.

Wir liefen quer über die Wiese, die jeden Sonntag mit Picknickkörben und Bällen geschmückt wurde, wichen Blumenbeeten aus, erreichten vier Bänke und schließlich den Weg, auf dem Alice Radfahren gelernt hatte.

Es war ein schöner Frühlingstag gewesen, und unsere Tochter war fast sieben. Ich hatte die Stützräder ihrer rosa Graziella abgeschraubt, und sie jammerte: »Warum, Papi? Ich will meine Stützräder wiederhaben!«

»Versuch's doch mal, Ali, los, komm! Wenn du Angst hast, mach ich sie wieder dran.«

Ich zerrte sie in den Park, die Hand fest am Lenkrad. Ihre über den Asphalt schleifenden Füße taten mir in der Seele weh, und es war, als müsste ich sie gewaltsam zum Zahnarzt schleppen.

»Ali, Radfahren wie die Großen macht unheimlich Spaß!«

»Aber ich bin noch klein!«

Sie hatte recht, sie war wirklich klein – sowohl vom Alter als auch vom Aussehen her. Alice war eines dieser Mädchen mit glatten Haaren, dickem Pony und großen dunklen Augen. Sie sah aus wie eine Puppe: Sie war zwar die Kleinste in ihrer Klasse, aber auch die Hübscheste.

In ihren ersten Lebensjahren fürchtete sie sich vor allem. Sie verbrachte nur ungern Zeit mit Menschen, die nicht zur engsten Familie gehörten. Sie wollte weder in den Kindergarten gehen noch mit Gleichaltrigen im Park spielen.

Doch an diesem Tag packte ich sie und ließ sie nicht mehr los, beschloss, das ein für alle Mal zu ändern.

Alice wehrte sich mit allen Mitteln: Sie schmollte, machte sich steif wie ein Brett, schrie, verdrückte die eine oder andere Träne und gab mir das Gefühl, ein schrecklicher Vater zu sein. Aber ich ließ nicht locker, und gegen Ende des Nachmittags, nachdem ich sie ermutigt, gestützt und vorsichtig angeschoben hatte, begann meine Tochter, selbstständig Rad zu fahren.

Eine schöne Erinnerung, die nur uns beiden gehörte.

Als Matteo geboren wurde, änderte sich ihr Verhalten. Alice wurde immer unabhängiger, und auf einmal war aus dem ängstlichen, weinerlichen Kind ein selbstsicheres, hellwaches Mädchen geworden. Ich hatte diese Veränderung stets auf Matteos Diagnose geschoben – schließlich war sie an keinem von uns spurlos vorübergegangen. Bis Sandra mich darauf hinwies, dass Alice ihr Verhalten schon Monate vorher geändert hatte, nämlich als ihr Bruder noch ganz klein war: Sie habe als Erste begriffen, dass Matteo etwas Besonderes war und beschützt werden musste. Ich weiß nicht, inwieweit meine Frau das romantisch verklärte, aber ich wollte ihr nur zu gern glauben, dass Ali schon vorher etwas gemerkt hatte.

Kaum waren wir zu Hause, stürzte ich in Matteos Zimmer. Meine Schwiegermutter fragte, ob es Neuigkeiten gebe, und ihre Angst und Nervosität waren nicht mehr zu überhören.

Ich schüttelte nur den Kopf, kniete mich neben meinen Sohn, strich ihm über die Wange und fragte: »Schätzchen, verrätst du uns, wohin dich Alice zum Schachspielen mitnimmt?« Ich sprach langsam, betonte jede einzelne Silbe und begleitete sie mit Gebärden.

Er sah mich bloß an und spielte weiter.

Ich schaute zu Sandra auf, die sich den Arm hielt. Er war offenbar verstaucht.

»Matteo, bitte hör mir jetzt gut zu: Du musst mir sagen, wo Alice ist!«

Keine Reaktion. Mir war, als stürzte ich wieder in das Meer aus Stille, in dem wir jahrelang hilflos herumgerudert waren.

»Schätzchen, Mama und ich machen uns große Sorgen. Möchtest du uns etwas sagen? Wir haben Angst, dass sie in Gefahr ist, und wollen nur wissen, ob es ihr gut geht.«

Matteo legte sein Spielzeug weg und stand auf. Wortlos ging er zur Haustür, nahm seinen Anorak und zog ihn an. Meine Schwiegermutter, Sandra und ich rannten hinterher.

»Er will uns etwas zeigen. Wir sollen ihm folgen!«

»Mama, du bleibst hier! Nur für den Fall, dass jemand anruft«, befahl Sandra ihrer Mutter, und wir stürmten ihm nach.

Wir liefen die Treppe hinunter, hinaus auf die Straße, und wandten uns dann nach links. Unser Sohn lief wenige Meter vor uns her, die dicke Jacke brav bis oben hin geschlossen.

»Meinst du, er hat gemerkt, dass wir ihm folgen? Oder denkt er, wir lassen ihn alleine ziehen?«

»Natürlich hat er das gemerkt!« Ich drehte mich zu meiner Frau um. Ihr Gesicht war verzerrt, und sie hielt sich abermals den Arm, als wollte sie ihn schonen.

»Tut es sehr weh?«

»Es geht schon. Was sollte das vorhin mit dem Schachspielen?«

»Keine Ahnung, das war nur so eine Eingebung.«

Matteo ging weiter geradeaus, wir hinterher. Wir passierten einige Wohnblocks und staunten, wie vorsichtig er die Straße überquerte.

»Er ist groß geworden«, murmelte meine Frau mit der Wehmut einer Mutter, die merkt, dass ihr Kind sie nicht mehr so braucht wie früher.

Wir folgten unserem achtjährigen Sohn, der anscheinend ein genaues Ziel vor Augen hatte. Besorgt, aber auch bewundernd sahen wir, wie selbstverständlich er sich durch unser Viertel bewegte – bis er seine Schritte verlangsamte und sich nach uns umdrehte.

»Matteo will ständig von mir auf den Arm genommen werden.«

Die Logopädin ließ ihre Unterlagen sinken und sagte: »Er spürt Ihre Vibrationen. Wenn er den Kopf auf Ihren Brustkorb legt, kann er Sie über die sogenannte Knochenleitung verstehen. Das ist eine wichtige Form der Schallleitung. In der Musiktherapie bittet man die Patienten zum Beispiel, sich aufs Klavier zu legen, damit sie die Klänge über den Körper wahrnehmen können. Dasselbe macht Matteo bei Ihnen.«

Sandra war sprachlos und drückte Matteo an ihre Brust.

»Aber das ist ja die Wohnung meiner Mutter!«, rief ich, während Sandra ihre Schritte beschleunigte. Alice hatte einen Schlüssel dafür.

Matteo stellte sich auf die Zehenspitzen und läutete zweimal, kurz darauf dreimal. Das war eine Art Code.

Die Haustür wurde geöffnet.

Sandra überholte uns, sie flog förmlich in den obersten Stock. Matteo und ich versuchten, mit ihr Schritt zu halten.

Die Tür zu der Wohnung, in der ich aufgewachsen war, stand einen Spalt offen. Sandra nahm die letzte Treppenstufe und stieß sie seufzend auf. Ich hörte, wie sie nach Alice rief, dann ertönte ein markerschütternder Freudenschrei. Völlig außer Atem, mit schmerzenden Gliedern und weichen Knien setzte ich mich neben meinen Sohn auf die Fußmatte und lehnte mich an den Türrahmen.

Die Stimmen von Alice und Sandra wurden zu einem heiseren Flüstern, und Matteo atmete gleichmäßig neben mir. Ich versuchte mir einzureden, dass es damit getan wäre. Dass jetzt wieder Normalität einkehren würde. Aber aus irgendeinem Grund zog sich mein Magen schmerzhaft zusammen, und ich hatte das starke Bedürfnis, meinen Sohn zu umarmen.

»Wie lautet die dritte Regel?«

»Um acht gibt es Abendessen«, erwiderte Matteo, und das Ziehen in meinem Magen wurde so stark, dass mir die Tränen kamen.

Mein kleiner Sohn schmiegte sich an mich, versuchte, die Arme um mich zu legen und wurde ganz rot vor lauter Anstrengung.

»Warum weinst du, Papa?«, fragte er in Gebärdensprache.

»Weil ich gegen sämtliche Regeln verstoßen habe.«

Matteo löste sich von mir und fragte: »Gehen wir jetzt alle nach Hause?«

Ich lächelte und drückte ihn an mich.

»Deine Tochter will mit dir reden. Sie ist in deinem alten Kinderzimmer. Ich bleibe solange bei ihm.« Sandras Beine ragten vor mir auf, und ihr Blick hätte gar nicht mehr von oben herab kommen können. Ich befreite mich aus Matteos Umarmung und stand mit einem unmerklichen Nicken auf.

Obwohl ich seit dem Tod meiner Mutter nur noch selten hierherkam, war mir die Wohnung vertraut.

In diesen vier Wänden hatte ich die unzähligen Bedeutungen des Wortes »Liebe« kennengelernt: erst die förmlich-respektvolle zwischen meinen Eltern, dann die stürmisch-verrückte zwischen Camilla und mir und schließlich die vernünftig-erwachsene, die mich mit Sandra verband.

Hier war ich aufgewachsen. Hier hatte ich mir eingeredet, über Camilla hinweg zu sein. Hier war ich ausgezogen, um Sandra zu heiraten. Und hierher war ich einmal die Woche zurückgekehrt, um die Kinder zum Abendessen abzuliefern, und das jahrelang. Jetzt, da ich sie nach so langer Zeit und unter solchen Umständen wieder betrat, verstärkte sich das Ziehen in meinem Bauch. Ich nahm all meinen Mut zusammen.

Ali saß in meinem ehemaligen Zimmer auf dem Bett: Hier hatte sie oft geschlafen, wenn sie müde war oder bei ihrer Oma übernachtete. Und das geschah oft: Als ihr Bruder noch klein war, hatten wir alle möglichen Spezialisten in ganz Italien abgeklappert, damit Matteo die bestmögliche Behandlung bekam.

Als ich sie so sah, mit ihrem Plüschkissen im Arm, begriff ich, dass mir diese Wohnung zwar vertraut war, Alice aber einen echten Rückzugsort darin sah. Wer weiß, wie oft sie sich schon hierher verzogen hatte, um zu lachen, zu weinen oder nachzudenken. Was wohl in ihr vorgegangen war, als ihre Oma sie täglich zur Schule brachte, während ihre Mutter und ich an einem Krankenhausbett wachten? Hatten wir ihr das überhaupt ausreichend und altersgerecht erklärt? Oder hatte meine Mutter das für uns übernommen? Kaum hatte ich das Zimmer betreten, kannte ich die Antwort.

»Ich habe Mist gebaut, Papa. Es tut mir leid.«

Alice *entschuldigte* sich? Was hatte ich eigentlich noch alles nicht mitbekommen?

»Ali, es ist meine Schuld!«

»Mama hat gesagt, dass du ihr alles gebeichtet hast.«

Von Beichten konnte keine Rede sein. Ich war auf frischer Tat ertappt worden, mehr nicht. Ansonsten hätte ich nie etwas gesagt. Denn in Wahrheit wollte ich mein Leben nicht ändern, nichts sollte herauskommen – allein schon um das positive Bild, das alle von mir hatten, nicht zu gefährden.

»Ja, aber …«

»Willst du uns verlassen, Papa?«

»Nein, Ali! Ich will euch nicht verlassen …« Und das stimmte auch – so wie es auch stimmte, dass ich mit Camilla zusammen sein wollte.

Ali seufzte. »Wegen Matteo?«

»Nein!«, erwiderte ich entschieden und setzte mich neben sie. »Ihr seid mein Ein und Alles.«

»Ich hätte es lieber nie erfahren.« Meine Tochter bekam feuchte Augen, und ich begriff, dass sie bei diesem Satz von nun an immer an mich denken würde. »Deshalb bin ich abgehauen, damit Mama nichts davon erfährt. Stattdessen habe ich nur ein Riesenchaos angerichtet, und sie hat es trotzdem erfahren.«

»Wir haben uns Sorgen um dich gemacht.«

»Ich weiß, aber ich …« Sie begann zu weinen, legte den Kopf in meinen Schoß. »Ich hatte solche Angst, dass du uns verlässt. Und da dachte ich, wenn ich abhaue, tust du es vielleicht nicht. Dann lässt du Mama und Matteo nicht allein«, fuhr sie, von Schluchzen geschüttelt, fort.

»Alles wird gut, mein Schatz! Wir stehen das gemeinsam durch!« Doch noch während ich das sagte, kehrten meine Gedanken zurück zu Camilla, und ich kam fast um vor schlechtem Gewissen.

Alice putzte sich die Nase, und mir fiel auf, wie bewohnt alles aussah.

»Dein Bruder hat uns hierhergeführt. Woher kennt er die Schachregeln?«

»Das habe ich mir schon gedacht. Ich bringe ihn oft zum Schachspielen her. Es ist eine Art Geheimversteck.«

»Geheim? Warum spielt ihr nicht zu Hause?«

»Weil es hier still ist. Das ist der einzige Ort, an dem ich ihm nicht unterlegen bin, weil wir die gleichen Voraussetzungen haben.«

»Wie seid ihr bloß auf die Idee gekommen?«

»In der Gebärdensprachschule hieß es, Schachspielen sei gut. Strategisches Denken, Konzentration, Intuition: alles Dinge, an denen es meinem kleinen Bruder kein bisschen fehlt! Ich habe ihm die Regeln beigebracht, so wie ich sie von dir gelernt habe, weißt du noch? ›Sei still, Ali, und konzentrier dich! Der Fluchtweg liegt direkt vor deiner Nase!‹ Ich habe ihn die Regeln so oft aufsagen lassen, bis er sie besser konnte als ich.«

»Genial! Darf ich auch mal mit euch spielen?«

»Gegen mich vielleicht, aber gegen Matteo dürftest du inzwischen kaum noch eine Chance haben. Besorg dir unbedingt Ohropax, du wirst es brauchen!«

Ich konnte es einfach nicht fassen: Ich hatte mich so weit von ihnen entfernt, dass ich all das nicht mitbekommen hatte. Meine Kinder kamen alleine klar, während ich ohne sie verloren war.

»Dürfen wir auch weiterhin herkommen?«

»Na klar!« Ich nahm ihre Hand und zog sie aus dem Zimmer.

Kaum sah Matteo seine Schwester, rannte er auf sie zu. »Aliii!« Er umarmte sie.

Sie drückte ihn an sich, versuchte, ihn hochzuheben. »Keine Angst, es ist alles in Ordnung. Jetzt gehen wir nach Hause.« Noch bevor ich reagieren konnte, zog sie den Schlüssel aus ihrer Hosentasche und sperrte ab.

Wir gingen die Treppe hinunter – Alice und Matteo Händchen haltend vorneweg, gefolgt von einer schweigenden Sandra, während ich das Schlusslicht bildete. Als ich meine Familie so vor mir herlaufen sah, begriff ich, dass man manche Risse mit bloßem Auge nicht erkennen konnte.

»Schatz, bring deinen Bruder nach Hause, ich rede kurz mit Papa.«

Alice nickte, legte den Arm um Matteos Schultern und zog ihn mit sich.

»Ich glaube, du solltest hierbleiben, Alberto.« Sandra verstellte mir den Weg und sah mich ernst an.

»Wie bitte?«

»Du hast mich richtig verstanden. Ich möchte nicht, dass du mit nach Hause kommst.«

»Sandra, lass uns in Ruhe darüber reden.«

»Das werden wir, aber nicht heute Abend.«

Ich fühlte mich machtlos. Ich hatte nicht die Kraft, hartnäckig zu bleiben. Vielleicht war das meine gerechte Strafe. Vielleicht würde ich mit ein paar Abenden Stubenarrest davonkommen …

»Ich werde an nichts anderes denken können, das weiß ich jetzt schon. Egal, ob ich mit Alice rede oder mit Matteo spiele, mir einen Film ansehe oder ein Buch lese – insgeheim werde ich das Puzzle Stück für Stück zusammensetzen und schließlich Bescheid wissen.«

»Sandra …«

»Immer wenn du zu spät kamst, wenn du mit den Gedanken woanders warst, wenn du wieder eine von diesen späten Besprechungen hattest oder zum Telefon sahst, obwohl es gar nicht geklingelt hatte! Und dann deine Zurückhaltung im Bett, dein zunehmendes Desinteresse oder schlimmer noch: dein Interesse an einer Frau, von der ich bis heute nichts wusste. Ich werde an all die Frauenzeitschriftenartikel denken, in denen steht, woran man merkt, dass der Partner fremdgeht. Ich werde an nichts anderes mehr denken können, obwohl ich das gar nicht will. Ich habe keine Lust, mich noch schlechter zu fühlen als ohnehin schon, will gar nicht wissen, wie lange das schon läuft. Doch ich werde es trotzdem begreifen. Und wenn es so weit ist, solltest du lieber nicht in der Nähe sein.« Mit diesen Worten drehte Sandra sich um und ließ mich stehen.

Ich versuchte, den bitteren Geschmack in meinem Mund hinunterzuschlucken, und begriff, dass der Riss in diesem Moment für alle sichtbar geworden war.

Ich machte einen Schritt nach vorn, aber irgendetwas hielt mich zurück.

Zieht ein Gewitter auf, gehen wir fest davon aus, dass wir uns irgendwo unterstellen können. Wir hoffen, dass es rasch weiterzieht und alles mitnimmt, was uns stört: die unangenehmen Folgen unseres Handelns, die Wunden, die sich nicht mehr schließen, und alle schlimmen Erinnerungen. Doch kaum hört es auf zu regnen, stellen wir fest, dass es nichts als Abkühlung gebracht hat.

ZWEITE REGEL:
NIEMALS ANGREIFEN, WENN MAN KEINE PERFEKTE VERTEIDIGUNG HAT

6.

Kurz vor dem ersten Läuten betrat ich das Klassenzimmer. Es herrschte eine seltsame Unruhe, etwas war anders als sonst. Ich hasste die Schule, und sie hasste mich. Ein Geheimnis war das nicht, denn ich gehörte weder zu den lachenden Grüppchen im Flur noch zu den heimlichen Rauchern auf der Toilette. Ich war unsichtbar. Ich hatte keine Freunde und war auch nicht der Liebling irgendeines Lehrers. Ich war das, was man zwanzig Jahre später einen *Normalo* nennen sollte – vorausgesetzt, irgendjemand würde sich dann überhaupt noch an mich erinnern. Damals gab es weder Handys noch Facebook, es war also nicht weiter schwer, anonym zu bleiben. Mir war das nur recht, ja ich tat so, als wäre das eine bewusste Entscheidung, eine Lebenseinstellung. Ich hatte das ganze Leben noch vor mir und sah keinen Sinn darin, etwas Besonderes sein zu müssen. Klassenbester? Ich war einigermaßen intelligent und fleißig. Der Schönste von allen? Na klar doch! Interessant und sympathisch? Für Ersteres war ich zu jung und für Letzteres zu schüchtern. Ich ließ mich lieber vom Lauf der Dinge überraschen, als ihn mit aller Macht ändern zu wollen.

Beim Betreten des Klassenzimmers erwartete mich immer dasselbe: lautes Stimmengewirr und Gelächter, das von Langeweile erstickt wurde. Unkontrolliertes Gähnen und fettiges Pausenbrotpapier.

Nur nicht an diesem Morgen.

Alle umringten *die Neue*, von der ich nur eine goldblonde Lockenmähne sah. Ich blieb stehen, um sie von hinten zu mustern, und setzte mich, ohne sie zu begrüßen.

Dann kam die Rossi herein, unsere Lateinlehrerin, und alle setzten sich auf ihre Plätze. Bis auf die Blonde, die noch keinen Platz hatte und deshalb zum Pult ging. Sie wechselte ein paar Worte mit der Lehrerin und sah sich um. Erst schaute sie zu den leeren Plätzen in der letzten Reihe hinüber, dann zu mir. Sie zeigte auf mich.

Ich? War ich nicht unsichtbar?

»Ciao, ich bin Camilla.«

Träumte ich, oder war sie aus der Nähe wirklich so schön?

Ich konnte es einfach nicht fassen: Ein blondes, engelsgleiches Mädchen hatte beschlossen, sich ausgerechnet neben mich zu setzen. »Alberto«, murmelte ich und dachte: *Heute ist echt mein Glückstag.*

»Ein schöner Name. Genau wie der Fürst von Monaco!«, rief sie.

Und schon war sie für mich entzaubert: Sie war auch nicht besser als die anderen Mädchen, die sich nur für oberflächliches Zeug interessierten und ihre Zeit damit verbrachten, sich die Haare zu stylen und die Nägel zu lackieren. Ich hatte gelernt, mich von ihnen fernzuhalten, denn sie brachten nichts als Ärger.

Doch als könnte sie Gedanken lesen, schickte sie hinterher: »Das war natürlich bloß ein Witz.«

»Das hab ich mir bereits gedacht.« Ich wandte mich von ihr ab und holte mein Übungsheft raus.

»Ich bin neu hier.«

»Auch das ist mir nicht entgangen.« Vielleicht hielt sie mich für zurückgeblieben.

»Du überschlägst dich ja geradezu vor Freundlichkeit!«

»Du kannst dich gern umsetzen, ich bin auch kein bisschen beleidigt. Am besten neben die Mädchen. Die wissen immer über den neuesten Klatsch Bescheid.«

»Bist du immer so bissig? Oder nur frühmorgens?«

»Ich bin nicht bissig, ich sage nur die Wahrheit: Ich bin lieber allein.«

»Du wirst deine Meinung schon noch ändern, denn umsetzen werde ich mich auf keinen Fall! Meine Wahl ist auf dich gefallen.« Mit diesen Worten lehnte sie sich zurück, als wäre sie die Hauptdarstellerin in irgendeinem Teeniefilm.

Während ich über so viel Sturheit staunte, merkte ich, dass uns alle schweigend anstarrten.

»Wenn die beiden Turteltäubchen endlich fertig sind, können wir anfangen«, sagte die Rossi mit einem mahnenden Blick über ihre Brillengläser hinweg. Die Klasse brach in lautes Gelächter aus.

Ich senkte den Kopf und tat so, wie wenn nichts wäre. Ich war es nicht gewohnt, im Mittelpunkt zu stehen. Erst setzte sich diese atemberaubende Blondine unter den ungläubigen Blicken meiner Klassenkameraden direkt neben mich. Und jetzt auch noch diese süffisante Bemerkung der Lehrerin! Ja, ich hatte es wirklich nicht leicht, dabei war es noch nicht mal halb neun.

Ich musterte das elfengleiche Wesen aus den Augenwinkeln. Bestimmt war diese Camilla längst nicht so toll, wie sie tat. Außerdem würde sie sich sicherlich schleunigst verdrücken, sobald sie merkte, dass das der falsche Platz für sie war, direkt neben einem Versager.

Den restlichen Vormittag über wechselten wir kein einziges Wort.

Das war unsere erste Begegnung.

7.

Am nächsten Tag hatte ich erstaunlicherweise richtig Lust auf die Schule und war längst nicht so abgestumpft wie sonst. Während ich Milch in mein Müsli goss, dachte ich an Camilla. Sie war wie die Frauen, die ich hasste: aufreizend und oberflächlich. Oberflächlich? Seit wann urteilte ich dermaßen vorschnell über jemanden, den ich kaum kannte? Trotzdem war ich mir ziemlich sicher, dass ich mit meiner Einschätzung richtiglag.

Auch diesmal war etwas anders, als ich das Klassenzimmer betrat: Eine Menschenwand verstellte mir den Blick auf meinen Platz, weil meine Klassenkameraden sich um die Neue geschart hatten. Sie plauderten und kicherten.

Na super!, dachte ich und blieb stehen. Dann nahm ich all meinen Mut zusammen.

»Ciao, Alberto!« Camillas Stimme übertönte die anderen, und sofort starrten mich alle an, als wäre ich der Neue und sie die Alteingesessene.

Ich zögerte. Es war seltsam, meinen Namen aus ihrem Mund zu hören, aber auch schön.

»Ciao«, erwiderte ich möglichst cool. Ich stellte meinen Rucksack ab und ging um die anderen herum zu meinem Stuhl.

Es läutete, und meine Klassenkameraden verschwanden. Nur Camilla blieb übrig.

»Das Mädchen aus der zweiten Reihe hat mich für Freitag eingeladen.«

Ich wandte den Kopf ab, tat so, als wäre ich nicht gemeint.

»Auf ihre Party. Was meinst du, wollen wir gemeinsam hingehen?«

Sprach sie etwa mit mir?

Brigitta Corsi, das Mädchen aus der zweiten Reihe, gab oft Partys. Sie fanden in ihrem Garten statt, aber ich war noch nie dort gewesen. Ehrlich gesagt, hatte sie mich nie mehr eingeladen, nachdem ich mich einmal vor lauter Angst, besagten Garten zu betreten, hinter der Hecke versteckt hatte.

Meine Mutter hatte mir extra Blumen besorgt, und ich hatte auch fest vorgehabt hinzugehen. Nur dass mich dann unterwegs so eine ganz seltsame Panik befiel, so als müsste ich für eine Operation ins Krankenhaus. Deshalb beschloss ich, erst noch einen kleinen Spaziergang durch ihr Viertel zu machen, um mich innerlich zu wappnen – leider ohne Erfolg. Gegen sieben Uhr warf ich die Blumen schließlich weg und ging wieder nach Hause, spielte meinen Eltern vor, ich hätte mich bereits genug amüsiert, damit sie mich nicht für einen totalen Sonderling hielten.

Seitdem hielt mich Brigitta für einen unverschämten Idioten – schließlich hätte ich wenigstens absagen können.

»Wir … wir beide?«, stotterte ich.

»Ja, das würde mich freuen.« Camilla schenkte mir das schönste Lächeln, das ich je gesehen hatte.

Ich hatte das Gefühl, als stünde ich kurz vor dem Abheben, nur um festzustellen, dass ich Flugangst hatte.

»Lasst uns anfangen, Leute!«, rief die Mathelehrerin. »Ruhe bitte!«

Ich brachte kein Wort heraus. Mir war schlecht vor Aufregung, und ich starrte an die Tafel, ohne Camilla weiter zu beachten. Ein gemeinsamer Partybesuch, was erwartete mich da alles? Musste ich sie von zu Hause abholen? Ich hatte erst seit Kurzem den Führerschein und würde mir das Auto meines Vaters ausleihen müssen. Und das war nur eine von vielen Hürden, die es zu nehmen galt: vor ihrem Haus einparken, ohne einen Blechschaden zu verursachen. Mich ihren Eltern vorstellen. Ihr sagen, dass sie wunderschön sei, und ihr die Tür aufhalten. Sie dann zur Party fahren und in ein interessantes Gespräch verwickeln. Klar, sonst noch was? Ich brauchte nur über *Krieg der Sterne* oder meinen Commodore 64 mit ihr zu reden, und schon würde sie die Einladung bitter bereuen und einen anderen bitten, sie heimzubringen. Bestimmt würde ihr das problemlos gelingen. Frauen haben es in dieser Hinsicht deutlich leichter: Sie brauchen sich bloß hübsch machen und lächeln. Als es läutete, zuckte ich zusammen. Ich fühlte mich beobachtet, und als ich mich umdrehte, sah ich direkt in Camillas blaue Augen.

»Führst du Selbstgespräche?«

»Nein, wieso?« Das konnte ich unmöglich getan haben! Keine Ahnung, was sie da gehört hatte.

»Du hast die Lippen bewegt wie in Trance. Aber du sahst süß dabei aus!«

Süß? Das Herz sprang mir förmlich aus der Brust, aber ich sagte nichts darauf. Genervt sprang ich auf, um mir die Beine zu vertreten, stolperte aber über das Tischbein und landete laut krachend auf meinem Rucksack.

Alle lachten.

»O Gott, hast du dir wehgetan?« Camillas blonde Locken flossen über mein Gesicht.

»Nein«, erwiderte ich und versuchte aufzustehen. »Das mache ich immer zwischen Mathe und Physik. Ist so ein Hobby von mir.«

Sie musste lachen und half mir auf. Eine eigentümliche Wärme ging von ihr aus.

Mit Camilla neben mir hatte ich Schwierigkeiten, mich auf die magnetische Leitfähigkeit von Stoffen zu konzentrieren. Hinzu kam, dass ihre Hand immer wieder meinen

Arm streifte. Mir fielen ihre ovalen Fingernägel auf, die Eleganz, mit der sie ihren Bleistift hielt. Während sie sich Notizen machte, starrte ich sie die ganze Zeit an.

»Alles okay?«, fragte sie.

Verlegen zuckte ich zusammen. Ich hatte nichts mitgeschrieben und fixierte irgendeinen Punkt an der Wand. »Wieso?«

»Ist irgendwas? Du wirkst so nervös.«

»Nein, nein, alles bestens.«

»Bist du dir sicher?«

»Physik langweilt mich.«

Lächelnd rückte sie näher. »Findest du den Unterschied zwischen para- und ferromagnetischen Stoffen etwa nicht aufregend?«

Als Antwort grinste ich bloß arrogant.

»Wir machen jetzt ein kleines Experiment«, sagte die Lehrerin und teilte Blätter aus. »Und zwar immer paarweise, um den Schaden möglichst zu begrenzen.«

Camilla warf mir einen verschwörerischen Blick zu.

»Holt eure Hefte mit dem Stoff vom letzten Mal raus, und befolgt die Anweisungen. Anschließend beantwortet ihr die Fragen. Alles, was ihr braucht, findet ihr im Schrank.«

Das Experiment sah vor, einen Messzylinder teilweise mit Wasser zu füllen, einen Körper ans Dynamometer zu hängen, um sein Gewicht zu bestimmen, und ihn dann noch mal zu wiegen, nachdem wir ihn im Wasser versenkt hatten: Die ermittelte Veränderung des Flüssigkeitsvolumens entsprach dem vom Körper verdrängten Flüssigkeitsvolumen.

Wir sollten den Vorgang mit verschiedenen Körpern wiederholen und eine Tabelle ausfüllen.

Ich begann mit den Messungen, und Camilla notierte die Ergebnisse. Dann unterschrieb sie und reichte mir das Blatt, damit ich meinen Namen neben ihren setzen konnte. Ich zögerte.

»Beeil dich, dann sind wir als Erste fertig.«

Ich kritzelte meinen Namen hin und sah zu, wie sie um die Tische herumtänzelte und das Blatt vorn aufs Pult warf. Die Lehrerin konnte nur richtige Antworten darauf erkennen. Camilla drehte sich um, wedelte damit und rief: »Null Fehler, Kumpel!«

Zum ersten Mal fühlte ich mich so richtig lebendig.

Um Punkt eins ging ich zum Ausgang. Ich wollte mich nur noch in meinem Zimmer verkriechen, die Stereoanlage aufdrehen, den Computer anmachen und am x-ten Level von *Space Invaders* scheitern, um Camilla, ihre Locken und ihr überwältigendes Lächeln zu vergessen.

»Warte, Alberto!«

Ich konnte es einfach nicht fassen. Camilla kam mir nach!

»Und, gehen wir am Freitag auf die Party?«

»Auf welche Party?« Träumte ich, oder war das wirklich Realität?

»Auf Brigittas Party, von der ich dir vorhin erzählt habe. Komm schon, das wird bestimmt toll!« Aber das war noch nicht alles, denn sie fügte hinzu: »Lass mich bitte nicht im Stich, ich kenne dort schließlich niemanden.«

Na klar, und ich bin der Klassenliebling!

»Tut mir leid, aber ich bin nicht eingeladen«, sagte ich nur. Wenn sie nicht bald lockerließ, würde ich mich nicht mehr beherrschen können.

Camilla zerrte an meinem Arm. »Hör doch auf mit dem Blödsinn! Wir treffen uns um sieben bei mir. Wenn du nicht kommst, blamiere ich dich vor der ganzen Klasse.« Sie drohte mir. Warum war ihr das nur so wichtig?

»Okay«, sagte ich und ging zur Treppe, ohne mich noch einmal umzudrehen.

Zum Glück gab es in den nächsten beiden Tagen keine wichtigen Prüfungen. Niemand merkte, wie sehr ich durch den Wind war. Ich hatte Panik, konnte nur noch an die Party denken. Ich suchte krampfhaft nach irgendeiner Ausrede, aber als mir klar wurde, dass mich nur noch ein Todesfall im engsten Familienkreis retten könnte, konzentrierte ich mich auf das, was vor mir lag. Ich musste mich einfach nur richtig vorbereiten. Ich hätte kotzen können vor Angst!

Ich bat meinen Vater um das Auto, das er mir bereitwillig lieh.

»Klar, ich brauch es nicht, nimm es ruhig. Was hast du denn vor?«, fragte er mich verschwörerisch.

»Ich geh auf eine Party«, erwiderte ich nur.

»Allein?«

Papa, ich flehe dich an, hör auf damit!

»Mit Camilla«, stieß ich so rasch wie möglich hervor.

»Diese Camilla hast du noch nie erwähnt. Ist sie neu in deiner Klasse?«

Seit wann kannte mein Vater die Namen meiner Mitschüler? War er nicht ständig beruflich unterwegs? War die Namensliste etwa in der *Financial Times* veröffentlicht worden? Ich nickte.

»Und, wie ist sie so? Hübsch?«

Wieder nickte ich verlegen.

»Tu nicht so schüchtern, deinem alten Herrn kannst du das ruhig sagen!«

Ich sah ihn verlegen an. Ich hasste dieses joviale Getue und wünschte mir, er würde sich in sein Arbeitszimmer zurückziehen und eine Zigarre rauchen.

Ich holte tief Luft. »Ich wollte eigentlich gar nicht hingehen, aber sie hat darauf bestanden.«

»Sehr gut, mein Sohn! Genau so macht man das: Immer schön cool bleiben! Frauen mögen toughe Kerle, sie werden dir alle zu Füßen liegen.«

Stimmte das? Wollte Camilla was von mir? Und wäre es anders gelaufen, wenn ich mich nett und freundlich gezeigt hätte?

Zum Glück klingelte das Telefon, und mein Vater ließ mich in Ruhe – allerdings nicht ohne noch so eine Plattitüde loszuwerden: »Du kommst ganz nach deinem Vater!« Dabei reckte er triumphierend den Arm und kam sich selbst wahnsinnig cool vor.

Erleichtert atmete ich auf.

Es wurde Freitag und irgendwann auch sieben Uhr abends. Meine Mutter brachte mich zur Tür, als würde ich in den Krieg ziehen. Hatte Papa ihr irgendwas gesagt? Ich hätte mir eher die Zunge abgebissen.

»Übertreib es nicht, mein Schatz! Trink keinen Alkohol. Fahr vorsichtig und grüß Camillas Eltern von uns. Was meinst du, soll ich sie kurz anrufen, damit sie nicht denken, du hättest kein anständiges Zuhause?«

»Nein, Mama, bloß nicht!«, platzte es aus mir heraus.

Ja, mein alter Herr hatte eindeutig geplaudert. Ich verließ das Haus wie unter einer schweren Last. Kaum hatte ich mich ins Auto geflüchtet, begriff ich, dass meine letzten ruhigen Minuten angebrochen waren.

Camilla war sogar noch schöner als sonst, ohne dass sie es darauf angelegt hätte: Sie trug eine blaue Hose und einen weißen Pulli. Sie stand schon unten auf dem Bürgersteig und strahlte mich an.

Keine Eltern? Ein Problem weniger!

»Du bist ja superpünktlich!«

»Tja! Ich bin nur vor den guten Ratschlägen meiner Mutter geflohen.« Was war nur in mich gefahren? Ich redete ja wie ein Wasserfall.

»Wie süß! Sie macht sich eben Sorgen um dich.«

»Sie nervt! Aber wollen deine Eltern nicht wissen, mit wem du ausgehst? Ich komme gern mit hoch und stelle mich kurz vor, wenn du magst.«

Sie erstarrte und sagte treuherzig: »Ich lebe bei meinem Vater, und der schläft gerade. Vielleicht lieber ein anderes Mal.«

Ihre Stimme klang merkwürdig, längst nicht mehr so selbstbewusst. Ich machte das Radio an.

Das Einparken klappte problemlos: Ich hatte eine riesige Parklücke entdeckt. Somit war das zweite Problem auch gelöst. *Heute ist wirklich mein Glückstag!* Aus dem Garten der Corsi kam lautes Stimmengewirr. Bei dem Gedanken, dass ich mich vor ungefähr zwei Jahren mit einem Blumenstrauß hinter den Büschen versteckt hatte, musste ich grinsen.

Camilla ging vor, selbstbewusst wie eh und je. Sie war fast überirdisch schön.

Wir begrüßten das Geburtstagskind und die anderen. Ich mit einem kurzen Kopfnicken, sie mit strahlendem Lächeln und Umarmungen.

Wir mischten uns unter die Gäste, und kurz darauf verlor ich sie aus den Augen.

Ich betrat einen großen Raum und sah meine Rettung: An der Wand stand ein riesiges Aquarium. Ich hatte mal irgendwo gelesen, dass man Stunden damit verbringen kann, Fische zu beobachten. Wenn die Zeit so schneller vorüberging, umso besser!

Also setzte ich mich aufs Sofa und ließ mich hypnotisieren.

»Da bist du ja! Ich such dich schon seit einer halben Stunde! Was machst du denn hier?« Camilla schrie mir ins Ohr und wartete meine Antwort gar nicht erst ab. Stattdessen ließ sie sich neben mich fallen, als könnte sie sich nichts Schöneres vorstellen, als auf dieses Minimeer zu starren.

Der Aquariumeffekt schien seine Wirkung nicht zu verfehlen, denn ich sagte ganz ohne meine übliche Schüchternheit: »Es ist ein bisschen so, als würde man in den Sternenhimmel schauen. Es beruhigt.« Das war das Romantischste, ja das Poetischste, was ich je gesagt hatte. Ich bekam Gänsehaut. Wie war ich bloß darauf gekommen?

»Bei Sternschnuppen darf man sich was wünschen. Meinst du, das gilt auch für Fische?«

»Wenn man sich was wünschen will, kann man das jederzeit tun. Dafür braucht man weder Sterne noch Fische!« Lächelnd senkte ich den Kopf.

»Das stimmt! Und, hast du einen Wunsch?«

»Nein. Ich weiß ja nicht mal, wer *ich* bin.« Auch diesen Satz hatte ich mich noch nie zuvor sagen hören. Ich starrte in meine Cola und fragte mich, ob man mir was reingetan hatte, das mich lockerer machte. Oder lag es nur an ihr? Wieder bekam ich Gänsehaut.

»Ich schon. Ich habe einen ganz großen Wunsch.«

»Und der wäre?«

»Ich möchte Balletttänzerin werden.«

Plötzlich hatte ich das Gefühl, es mit einer Fünfjährigen zu tun zu haben. Enttäuscht sah ich auf, doch sie fixierte nur irgendeinen Punkt auf der Scheibe, als wäre sie in Gedanken ganz woanders.

»Genau wie meine Mutter«, fügte sie hinzu.

»Deine Mutter ist Tänzerin?« Ich stellte mir meine Mutter im Tutu vor, wie sie einen Braten in den Ofen schob, und musste lachen. Doch dann fiel mein Blick auf Camillas lange, schlanke Beine. Bestimmt sah sie ihrer Mutter ähnlich.

»Sie *war* Tänzerin. Sie ist letztes Jahr gestorben.«

Auf einmal wurde es eiskalt im Raum.

Laut den Benimmregeln, die meine Mutter mir in der fünften Klasse in ein Heft diktiert hatte, damit ein wohlerzogener Junge aus mir würde, hätte ich jetzt antworten müssen: »Das tut mir sehr leid. Kann ich dir irgendwie helfen?«

Vermutlich hatte sich meine Mutter immer ein Mädchen gewünscht. Je länger ich darüber nachdachte, desto überzeugender wurde der Gedanke: das gute Benehmen, auf das sie so viel Wert legte. Der Klavierunterricht. Und dann noch die kitschigen Gedichte, die sie mir zu lesen gab …

Aber um meiner Mutter keine Schande zu machen, sagte ich zu Camilla: »Das tut mir sehr leid.« Mehr aber auch nicht. Man muss schließlich nicht übertreiben.

Sie zuckte nur mit den Achseln und sagte lächelnd: »Das Ganze ist jetzt ein Jahr her. Deshalb sind wir auch umgezogen, und ich muss jetzt die Zehnte wiederholen. Papa wusste nicht mehr ein noch aus, und da bin ich nicht mehr zur Schule gegangen.«

Ich musste an meine Eltern denken, die nur so strotzten vor Gesundheit und alles regelten: sie in der Küche und er in seinem Arbeitszimmer oder am Flughafen. Wie würden sie reagieren, wenn einer plötzlich starb? Sie waren sehr unterschiedlich, ergänzten sich jedoch perfekt. Vor meinem inneren Auge sah ich, wie sie seinen Koffer packte und ihn dann zur Tür brachte. Wie sie ihm sein Lieblingsessen hinstellte, wenn er von einer seiner Geschäftsreisen nach Hause kam, und wie sie seine Hemden bügelte, damit er immer perfekt aussah. Dafür vergaß er nie, ihr ein Parfüm oder eine teure Creme vom Duty-free mitzubringen, genauso wenig wie die roten Rosen zu ihrem Geburtstag. Ständig sagte er: »Was würde ich bloß ohne dich tun?«, wenn sie die Socken, die Brille oder den Schlüssel fand, die er in seiner Zerstreutheit verlegt hatte.

Aber hatte ich je gesehen, wie sie sich küssten?

»Sie war eine phantastische Tänzerin, danach hat sie Ballettunterricht gegeben. Sie hatte die neue Schule gerade erst eingeweiht, als sie krank wurde. Bestimmte Krankheiten machen auch vor jungen Leuten nicht halt.« Ein Schatten fiel auf ihr Gesicht, doch dann sagte sie tapfer: »Von ihr habe ich auch die Liebe zum Tanz und zur klassischen Musik geerbt. Ich kann einfach nichts anderes, deshalb will ich unbedingt tanzen.«

Ich hatte mich noch nie gefragt, was Camilla außerhalb der Schule so machte. Erst in dem Moment, als ich sie abholen kam. Aber bei näherem Hinsehen hatte sie wirklich die Figur einer Primaballerina.

Camilla gab mir einen Stoß zwischen die Rippen. »He, woran denkst du?«

»An nichts Besonderes«, sagte ich wenig überzeugend, um dann hinterherzuschieben: »Alles bestens!«

»Du hast recht. Alles ist bestens!« Sie lehnte sich an mich.

Es war schon seltsam, wie wohl ich mich in ihrer Gegenwart fühlte.

»Hast du Geschwister?«

»Nein, zum Glück nicht. Und du?«

»Nein, leider.« Ohne mich aus den Augen zu lassen, fuhr sie fort: »Ich hätte gern eine Schwester oder einen Bruder gehabt. Wie heißt es so schön? ›Geteiltes Leid ist halbes Leid.‹ Dann hätte es vielleicht weniger wehgetan.«

»Wieso eigentlich ›halbes Leid‹? Ich dachte immer, es wird mehr, wenn mehrere leiden.« Wieder starrte ich verblüfft in mein Glas, denn was ich da gerade gesagt hatte, klang gar nicht mal so blöd.

Sie ließ ihren Kopf an meiner Schulter ruhen und murmelte: »Darüber habe ich mir noch nie Gedanken gemacht, aber wahrscheinlich hast du recht.«

Ihre Wärme war nach wie vor spürbar.

»Hast du Lust, was zu unternehmen?«

Ich hatte das Gefühl, aus einem tiefen Traum zu erwachen. »Was denn?« Um Mitternacht musste ich wieder zu Hause sein, sonst ließe mich meine Mutter noch von Polizeihubschraubern suchen.

»Vertrau mir!« Sie zog mich hoch.

»Wohin gehen wir?«

»Los, mach schon, ich zeige dir einen Ort, der mir viel bedeutet. Dort ist es auf jeden Fall tausendmal besser als hier!« Sie drückte meine Hand. Am liebsten hätte ich die Zeit angehalten und dieses Bild eingefroren: unsere ineinander verschränkten Hände, während sie mich hochzog und verschwörerisch ansah. Zum Teufel mit meiner Mutter und dem Polizeiapparat!

Wir verließen die Party, ohne uns zu verabschieden, was selbstverständlich auch nicht den Benimmregeln entsprach. Aber es machte großen Spaß und fiel keinem von uns besonders schwer.

»Gib mir den Autoschlüssel!«

»Hä?«

»Komm, lass mich fahren!«

»Hm.« Ich legte den Kopf schräg. »Aber bitte ganz langsam!«

»Klar, Opa, mach dir keine Sorgen. Ich bringe dich wohlbehalten ins Altersheim!« Lachend zwinkerte sie mir zu.

Ich stieg auf der Beifahrerseite ein und beobachtete, wie sie den Motor anließ, den Rückwärtsgang einlegte und zur Hauptstraße sauste, als würde sie den Wagen meines Vaters schon ein Leben lang fahren.

Erster, zweiter und dritter Gang.

Ich schnallte mich an, obwohl es damals noch nicht Pflicht war. Sie sah mich aus dem Augenwinkel an. »Angsthase! Du fürchtest dich doch hoffentlich nicht deshalb, weil ich eine Frau bin?«

»Nein, ich fürchte mich nur, weil du auf dem Standstreifen überholst!«

»Na ja, es ist schließlich nicht meine Schuld, wenn alle so schleichen. Aber wir sind fast da!«

»Zum Glück!« Und das war mein voller Ernst, denn die Cola rumorte schon in meinem Magen. Fehlte nur noch, dass wir wegen überhöhter Geschwindigkeit geblitzt wurden. Damit würde mir meine Mutter dann eine Ewigkeit in den Ohren liegen. Andererseits saß ich gern neben der sich geschickt durch den Verkehr schlängelnden Camilla.

Wir hielten auf einem Schotterweg, vor einem Tor mit der Aufschrift: *Etoile.* Camilla sperrte es auf.

»Los, komm, mir nach!«

Dann standen wir in einer Art Flur, von dem eine Tür zu einem kleinen Theater abging: Es bestand aus einer Holzbühne und etwa zehn Reihen mit roten, ziemlich mitgenommenen Sitzen. Ich sah mich staunend um. Ich war noch nie in einem Theater gewesen.

»Setz dich einfach irgendwo hin!«, sagte Camilla, ging die Stufen hoch und verschwand hinter dem großen Vorhang.

Ich nahm in der dritten Reihe Platz, direkt am Mittelgang.

Wenige Minuten später füllte ihre Stimme den Raum: »Meine sehr verehrten Damen und Herren, in Kürze beginnt die Vorstellung!«

Ich musste lachen und machte es mir bequem.

Der Vorhang öffnete sich.

Eine triumphale Musik ertönte, dass Sitze und Wände wackelten.

Camilla, die sich die Haare zum Pferdeschwanz gebunden hatte, machte eine kleine Verbeugung und ging auf die Zehenspitzen.

Sie trug ein blaues, geschnürtes Mieder und einen weißen, knöchellangen Tüllrock. Sie hob die Arme über den Kopf und trippelte auf den Zuschauerraum zu. Als sie direkt vor mir stand, streckte sie ein Bein nach vorn und machte einen eleganten Knicks. Die Musik wurde lebhafter, und Camilla wirbelte in perfekten Pirouetten bis zur Bühnenmitte. Dort hörte sie nicht auf, sich um die eigene Achse zu drehen. Die Musik schwoll noch mehr an, nur um dann ganz plötzlich zu verstummen, als hätte man sie ausgeschaltet. Camilla hielt inne, verlagerte das Gewicht auf ein Bein und stützte eine Hand in die Taille. Sie sprühte nur so vor Stolz.

Ich war selbstvergessen aufgesprungen und fand mich plötzlich in der ersten Reihe wieder.

»Bravo!«, rief ich, und tatsächlich hatte ich in meinem ganzen Leben noch nie so etwas Aufregendes gesehen.

»Das war aus *Giselle*«, sagte sie und tänzelte auf mich zu, obwohl ihre Beine wie erstarrt waren und ihre Füße unnatürlich nach außen zeigten.

»Zugabe!«, rief ich, und lachend tat sie mir den Gefallen.

Dann verschwand sie hinter den Kulissen und sagte: »Das war eine Variante von *Der sterbende Schwan*. Der Traum jeder Tänzerin!«

Von diesem Tag an war es auch meiner.

Sie war mein Traum.

8.

Am nächsten Tag fehlte Camilla in der Schule.

Wir waren erst sehr spät heimgekommen. Ich hatte sie vor ihrer Haustür abgesetzt und war dann in der Hoffnung davongerast, dass meine Mutter sich mit Schlafmitteln sediert hatte. Ich selbst war völlig aufgedreht.

Camilla hatte weitergetanzt, nur für mich! Dann hatte sie mich hinter die Bühne mitgenommen, mir die Kulissen und die Umkleiden gezeigt. Alles war ziemlich alt und verstaubt. Mit schlafwandlerischer Sicherheit bewegte sie sich zwischen den Requisiten, und ich folgte ihr neugierig.

»Hier zieht sich die Primaballerina um.«

Wir standen in einem kleinen Raum, der nichts als einen weißen Schrank und einen riesigen Schminkspiegel mit kaputten Glühbirnen enthielt. Doch so wie Camilla davon sprach, schien er etwas ganz Besonderes zu sein.

Männer haben andere Gehirne als Frauen: Erstere sind größer, Letztere kompakter. Männergehirne können ausgezeichnet Angriffe abwehren, Frauengehirne prima kommunizieren. Aber warum unsereins so plump wirkt, während sie sich in bezaubernde Geschöpfe verwandeln können, ist nach wie vor unerforscht.

Sie erzählte mir von Anna Pawlowa, der großen russischen Ballerina, die Tanzgeschichte geschrieben hatte, auch wenn ich noch nie zuvor von ihr gehört hatte. Und dann die Geschichte mit dem Schwan. Ob er nun weiß war oder schwarz, weiß ich nicht mehr, aber für mich war es eine unglaubliche Entdeckung.

Als ich nach Hause kam, rannte mir meine Mutter sofort entgegen. »Gott sei Dank, du lebst noch!« Sie umarmte mich und schimpfte dann: »Wo hast du bloß so lange gesteckt? Ich habe dir doch gesagt, dass du um Mitternacht zu Hause sein sollst!«

»Mama, wusstest du, dass *Der sterbende Schwan* nicht zum Ballett *Schwanensee* gehört?«

»Wie bitte?«

»So heißt ein Ballettsolo von Michel Fokine, das er 1905 für die große russische Tänzerin Anna Pawlowa geschaffen hat. Nach einer Musik von Camille Saint-Saëns«, sprudelte es nur so aus mir heraus.

»Camille Saint-Saëns? Heißt du deshalb Camilla?«, hatte ich gleich gefragt, nachdem sie mir davon erzählt hatte.

»Du bist der Erste, der das merkt! Ja, und so hätte ich auch geheißen, wenn ich ein Junge geworden wäre: Camillo!«

»Nein, das habe ich nicht gewusst.« Auf einmal klang meine Mutter ganz gerührt. Spätestens jetzt wusste ich, dass sie sich immer ein Mädchen gewünscht hatte.

Ich starrte auf den leeren Platz neben mir und anschließend zur Tür, erwartete, dass sie jeden Moment kam.

Doch die erste Stunde verging, ohne dass Camilla auftauchte.

Vielleicht hatte sie sich verspätet? Vielleicht hatte sie verschlafen und würde kurz vor der verhassten Lateinstunde hereinhuschen?

Doch nichts dergleichen geschah.

Als es zur Pause läutete, gab ich die Hoffnung auf. Meine Laune war auf dem Tiefpunkt.

Vielleicht konnte ich sie ja am Nachmittag anrufen, unter dem Vorwand, ihr die Hausaufgaben durchzugeben? Doch dann fiel mir ein, dass ich ihre Telefonnummer gar nicht hatte. Ich würde bis Montag warten müssen, und das gefiel mir ganz und gar nicht.

Sie konnte unmöglich krank geworden sein, denn als wir uns vor wenigen Stunden verabschiedet hatten, war es ihr prima gegangen. Und mir auch.

Ich konzentrierte mich auf den Schulstoff, damit der Vormittag so schnell wie möglich vorbeiging. Um den Nachmittag würde ich mich kümmern, sobald ich zu Hause war.

Ich weiß noch, dass ich meinen Vater abends fragte, ob er Lust auf eine Partie Schach hätte. Seit ich aufs Gymnasium ging, spielten wir nicht mehr so oft. Aber wenn ich mich darauf konzentrierte, gegen einen so schweren Gegner wie meinen Vater zu gewinnen, würde mich das von meiner Banknachbarin ablenken, und die Zeit würde vergehen wie im Flug.

Als ich am Montag ins Klassenzimmer kam, suchte ich sofort nach Camillas Lockenschopf. Erst als ich ihn entdeckte, konnte ich aufatmen. Trotzdem tat ich so, als hätte ich sie gar nicht bemerkt, und hob erst im letzten Moment den Kopf.

»Ciao.«

»Ciao.«

Sie war seltsam, wirkte irgendwie bedrückt.

»Alles in Ordnung?«

Sie nickte.

»Wirklich? Du siehst aus, als wäre jemand gestorben.«

Sie seufzte.

Frauen! Das erste Läuten rettete mich aus meiner Verlegenheit. Wir hatten Mathe, und die Lehrerin begann, eine neue Formel zu erklären. Alle schrieben mit, bis auf meine Banknachbarin.

Ich tat so, als würde ich nichts merken.

Die Lehrerin hatte das Ende der Tafel erreicht und würde sie gleich umklappen, um ihre Erläuterungen auf der Rückseite fortzusetzen. Auf diese Weise konnten wir am Ende der Stunde unsere Notizen noch mal damit abgleichen.

Hastig kritzelte ich die letzten Zeilen hin und drehte das Heft dann zu Camilla herum, allerdings etwas zu schwungvoll, sodass es gegen ihren rechten Ellbogen stieß.

Sie stieß einen stummen Schrei aus, als hätte ich ihr wehgetan. Dabei hatte ich sie kaum berührt. Gehörte sie etwa auch zu diesen Mädchen, die sofort losjammerten, wenn man sie auch nur streifte?

»Entschuldige«, sagte ich.

Die Lehrerin blieb stehen. »Alles in Ordnung dahinten?«

»Ja«, erwiderte Camilla, ohne mich anzusehen, und hielt sich den Arm.

»He, hab ich dir wehgetan? Zeig her!«

»Nein, es ist nichts.« Sie zog ihren Arm weg.

»Los, Cam!« Ich griff nach ihrem Ellbogen.

»Aua! Lass mich in Ruhe!« Mit diesen Worten sprang sie auf und rannte aus dem Zimmer.

Wie fremdgesteuert folgte ich ihr.

Sie hatte sich auf der Mädchentoilette eingeschlossen, zu der ich keinen Zutritt hatte. In dieses Reich der Schminke und der ausgestopften BHs konnte ich mich unmöglich vorwagen.

Ich ging ein paarmal vor der Tür auf und ab und hoffte vergeblich, dass sie bald herauskommen würde.

Vorsichtig sah ich mich um und riss die Tür auf.

Mir stockte der Atem.

Camilla hatte ihr T-Shirt hochgezogen und cremte gerade einen großen blauen Fleck an ihrem Arm ein.

Unsere Blicke begegneten sich im Spiegel. Ich schluckte und ging auf sie zu, ließ die Tür hinter mir zufallen.

»Warte, ich helfe dir.« Gesagt, getan.

Sie weinte stumm an meiner Schulter.

»Bitte stell keine Fragen!«

Wenn der Strom ausfällt oder man den falschen Zug genommen hat, bleibt einem nichts anderes übrig, als abzuwarten.

Ich umarmte sie.

»Keine Sorge, ich hake nicht weiter nach.«

An diesem Tag hielt Camilla Einzug in mein Leben und sollte es nie wieder verlassen.

9.

Die Tage vergingen, und Camilla schien es wieder besser zu gehen. Ich fragte mich, wer oder was ihr bloß so wehgetan hatte, respektierte aber ihre Entscheidung zu schweigen. Fast jeden Abend vor dem Einschlafen sah ich die Szene auf der Mädchentoilette wieder vor mir, und der große blaue Fleck verdoppelte sich im Spiegel. Ich versuchte, nicht mehr daran zu denken, und lenkte mich mit Comics ab.

In der Schule entwickelten wir einen todsicheren Trick für Lateinprüfungen: Ich übersetzte die erste Texthälfte, sie die zweite. Auf die Bank kritzelten wir mit Bleistift die Seite im Wörterbuch, auf der wir unsere Übersetzung notiert hatten. Dann tauschten wir unauffällig die Wörterbücher, und die Sache war erledigt. Es war viel einfacher, nur die Hälfte zu übersetzen, außerdem blieb so mehr Zeit für Korrekturen. Keiner von uns war gut in Latein, aber mit dieser Strategie kamen wir immer irgendwie durch.

Wir waren ein Team, und eines Tages ertappte ich mich sogar dabei, beim Verlassen des Klassenzimmers auf sie zu warten. Mit geschultertem Rucksack stand ich wie angewurzelt da und wartete, bis sie ihre Sachen zusammengeräumt hatte. Dann begleitete ich sie bis zum Schultor, wo sich unsere Wege trennten.

Manchmal rissen wir Witze und tauschten verschwörerische Blicke. Mit der Zeit entwickelten wir eine Art Geheimsprache. Das blieb auch den anderen nicht verborgen, und die Kluft zwischen ihnen und uns wurde immer größer. Mich quälte die Vorstellung, dass sich alle fragten, was sie bloß von mir wollte. Ich war nach wie vor der unscheinbare Junge, ein unsichtbares Neutrum – nur dass mich jetzt alle akzeptierten.

Eines Tages ging ich die Treppe hoch und kam an den schlimmsten Klatschtanten der Klasse vorbei. Kichernd sagten sie: »Bestimmt gibt sie sich nur aus Geldgründen mit ihm ab. Sie ist wunderschön, aber habt ihr gesehen, wie die rumläuft?« Ich achtete nicht weiter darauf, weil ich es nicht gewohnt war, dass über mich geredet wurde. Doch als ich meinen Rucksack absetzte, fiel mein Blick auf Camillas Sweatshirt. Zum ersten Mal sah ich, dass das Bündchen ein Loch hatte und sie versuchte, es mit der Hand zu bedecken. Ich erstarrte. Hatten sie tatsächlich von Camilla gesprochen?

»Ciao«, begrüßte sie mich. »Alles okay?«

Der Satz von vorhin ging mir wieder durch den Kopf, und ich wurde wütend. Sofort marschierte ich zu Valeria Storti in die erste Reihe und begann mit meinem Rachefeldzug.

Ich schlug mit der Faust auf ihren Tisch, und sie zuckte erschreckt zusammen.

»Dich will sowieso keiner, nicht mal, wenn dich Valentino persönlich einkleidet! Und wenn du nicht aufhörst, deine Nase in fremde Angelegenheiten zu stecken, werde ich die ganze Schule mit Klofotos tapezieren, unter die ich deinen Namen geschrieben habe!«

Sie hielt die Luft an und stammelte irgendwas, sah sich verstohlen um, in der Hoffnung, dass niemand etwas mitbekommen hatte. Doch dem war nicht so. Alle sahen uns an, und triumphierend kehrte ich auf meinen Platz zurück.

Camilla starrte mich mit offenem Mund an. »Was ist denn mit dir los? So habe ich dich ja noch nie erlebt. Was hat dir die arme Valentina bloß getan?«

»Arm ist die ganz bestimmt nicht! Ich habe nur gehört,

wie sie mich einen Idioten genannt hat, und mich entsprechend aufgeregt.«

»Verstehe, du bist ein echter Held«, bemerkte sie ironisch und las weiter, ohne den Vorfall groß zu beachten.

Ich war froh, dass sie mir glaubte.

In der Zwischenzeit hatten sich die Klatschtanten versammelt, um mein armes Opfer zu trösten, und ich warf ihnen einen drohenden Blick zu, damit sie begriffen, dass ich Camilla von nun an verteidigen würde.

Aber die Giftspritzen hatten mitten ins Schwarze getroffen, und ich konnte ihre blöde Bemerkung einfach nicht vergessen.

Am nächsten Morgen saß Camilla vor der Schule.

»Was machst du denn hier?«

»Ich hab keine Lust reinzugehen.«

»Dann gehen wir eben nicht rein.«

»Fährst du mit mir ans Meer?« Die Worte klangen so, als würde sie mich bitten, sie aus einem Turm zu befreien.

»Klar, lass uns abhauen, bevor man uns sieht.«

Wir nahmen den Bus und setzten uns ganz nach hinten. Camilla sah stumm aus dem Fenster, und in diesem Moment hätte ich sonst was darum gegeben, Gedanken lesen zu können.

An der Endhaltestelle stiegen wir aus. Wir waren die Einzigen, denn es wurde langsam Herbst. Zu dieser Jahreszeit gingen nur ein paar Rentner ans Meer oder Leute, die meditieren wollten. Wir gingen unter einem bleiernen Himmel spazieren und sagten kein einziges Wort.

Ich hatte Schmetterlinge im Bauch.

»Hast du Hunger?«, fragte ich, um das Schweigen zu brechen.

»Nein, und du?«

»Ich auch nicht.« Etwas Dümmeres hätte mir wirklich nicht einfallen können. War ich wirklich so blöd? Ich war achtzehn und damit kein kleiner Junge mehr. Ich wäre ihr so gern nähergekommen, hätte ihr am liebsten die Bücher aus der Hand gerissen, sie in die Arme genommen und geküsst wie im Film. Aber ich war wie gelähmt, denn ich hatte noch nie ein Mädchen geküsst. Das war mein sorgfältig gehütetes Geheimnis.

Beziehungsweise mein Problem.

Meine Klassenkameraden sprachen nur noch über Sex, aber ich konnte da nicht mitreden. Ich konnte bloß zuhören und kichern wie ein Idiot. Lange würde ich damit bestimmt nicht mehr durchkommen. Deshalb zog ich mich immer mehr zurück, was meine Chancen auf eigene Erfahrungen nur noch verschlechterte. Aber für alles andere war ich viel zu schüchtern. In diesem Moment hätte ich weiß Gott was darum gegeben, so selbstsicher zu sein wie meine Klassenkameraden, die nur mit Mädchen ausgingen, wenn auch was lief.

»He, du schläfst doch nicht etwa ein, oder?«

»Nein, nein.«

»Also was ist, gehen wir schwimmen?«

»Wie bitte? Das Wasser ist doch eiskalt!«

»Komm schon!« Sie zog ihre Jeans aus.

Lieber Gott, Hilfe!

Entsetzt sah ich zu, wie ihre Kleider in den Sand fielen und sie nur in Unterwäsche zum Wasser lief.

»Los, du Feigling! Komm!« Ihre Füße berührten die Wellen.

Ich zog Schuhe, Jacke und Pulli aus und legte meine Sachen ordentlich zusammen. Als ich Camilla im Wasser planschen sah, kam ich mir vor wie der letzte Idiot. Ich ließ alles stehen und liegen und stürmte zu ihr.

Als sie das bemerkte, rannte sie vor mir davon. Ich lief, so schnell ich konnte, schaffte es aber nicht, sie einzuholen.

»Du kriegst mich nicht, denn ich bin viel trainierter als du!«, jubelte sie.

Ich ballte die Fäuste, mobilisierte sämtliche Reserven, bis ich ihren Arm berührte und sie sich fangen ließ. Ich hob sie hoch und wirbelte sie herum, dann ließ ich mich einfach in den Sand fallen.

»Du bist ein echter Schlaffi, Alberto!« Sie lachte und keuchte abwechselnd.

Ich schwieg, um nicht in den Sand spucken zu müssen.

Sie streckte sich neben mir aus, und unsere Hände berührten sich. Ich bekam Gänsehaut, aber nicht wegen der Kälte und auch nicht wegen des Windes.

Ich legte den Arm um ihre Schultern und zog sie an mich. »So ist es wärmer.«

Camilla schmiegte sich wie selbstverständlich an meine Brust, und mein Herz begann hörbar zu klopfen.

Ein Donner durchbrach die Stille, und es fing an zu regnen. Wir sahen zum düsteren Himmel empor. Ich hielt schützend die Hand über Camilla, und obwohl ich sie nur vor wenigen Tropfen bewahren konnte, gab mir diese ritterliche Geste ungeahntes Selbstbewusstsein.

»Wir müssen gehen«, sagte ich widerwillig, denn am liebsten wäre ich nie wieder von hier fortgegangen.

Mein Blick huschte zu ihrer Kleidung.

Ich wollte ihr gerade anbieten, ihre Sachen zu holen, als Camilla mich küsste. Es war ein süßer, sanfter Kuss, der gar kein Ende mehr zu nehmen schien. Ich zog sie fest an mich, und sie lag nackt in meinen Armen. In diesem Moment hätte ich sterben können vor Glück.

»Du erkältest dich noch«, sagte ich väterlich. »Komm, lass uns gehen.« Beim Aufstehen sah ich ihn.

Einen dunklen, länglichen Fleck, seitlich am Rumpf. Ich blinzelte in der Hoffnung, mich getäuscht zu haben. Aber der Fleck war immer noch da.

»Was ist das?«

»Nichts. Ich bin beim Tanzen gestürzt.« Zum ersten Mal merkte ich, dass sie mich anlog. »Sieh mich nicht so an«, scherzte sie halbherzig. »Das ist genauso ein Fleck wie neulich, nichts Schlimmes!« Dabei wich sie meinem Blick aus.

»Ich glaube, du bist viel zu gut, um so oft hinzufallen«, erwiderte ich nur und holte ihren Pulli.

»Wer tut dir so was an?«

»Niemand, das sagte ich doch schon. Ich trainiere jeden Tag mindestens drei Stunden. Und wenn ich müde bin, stürze ich schon mal.«

»Camilla, ich bin nicht blöd. Vertrau mir!«

Der Regen hinterließ Krater im Sand.

Ich nahm meinen ganzen Mut zusammen. »Ist es dein Vater?«

Camilla wandte sich ab, und kurz wurden ihre Augen feucht. »Es ist nicht so, wie du denkst. Er ist kein schlechter Mensch.«

»Camilla, was redest du denn da! Schau doch nur, was er dir antut!«

»Nein, hör auf damit! Er leidet wahnsinnig, ist über Mutters Tod nie hinweggekommen. Manchmal trinkt er, und wenn ich will, dass er damit aufhört, verliert er die Beherrschung. Aber anschließend tut es ihm leid. Er macht das nicht mit Absicht.«

Ich war entsetzt, dachte an meinen Vater und seine liebevolle Art. Zum ersten Mal wusste ich sie zu schätzen.

Ich schloss Camilla in die Arme und brachte vor lauter Wut und Mitleid nur heraus: »Aber jetzt bin ich da, und ich werde dich immer beschützen. Ich werde noch heute Abend mit deinem Vater reden. Er wird dir nie mehr wehtun, das verspreche ich dir!«

»Das geht nicht. Vergiss es, damit machst du es nur noch schlimmer. So oft passiert es auch wieder nicht, und ich werde sowieso bald ausziehen. Er hasst es, mich tanzen zu sehen, weil es ihn an Mutter erinnert. Es dauert nicht mehr lange. Ich trainiere wie wild und warte nur noch auf die richtige Gelegenheit.«

Ich zog sie noch fester an mich und hoffte, dass dieser Moment nie kommen würde. Dann verloren sich ihre Worte im Regen, und ihr perfekter Körper hinterließ eine Riesenlücke an meiner Brust.

Ich verabschiedete mich schon ein Haus vorher von Camilla. Sie wollte nicht, dass ich sie zur Tür brachte. Stattdessen sollte ich mich beeilen, damit meine Eltern nicht merkten, dass ich die Schule geschwänzt hatte. Beim Gedanken an meine Mutter fiel mir ein, dass ich voller Sand war, und das überzeugte mich davon, mein Schicksal nicht noch mehr herauszufordern. Ich sah Camilla nach und begriff in diesem Moment, dass ich noch viel lernen musste, um ein richtiger Mann zu werden.

»Alberto, um Himmels willen, du bist ja pitschnass!«, rief meine Mutter, kaum dass sie mich sah.

Aber ich ging grußlos an ihr vorbei, schloss mich in mein Zimmer ein und wischte mir über die Lippen.

Schmutzig und nass, wie ich war, legte ich mich aufs Bett. Mutters Stimme drang durch die Tür, und meine Gedanken eilten zurück zum Strand, zum Regen, zu Camillas Mund und diesem blauen Fleck. Und wieder empfand ich diese Mischung aus Wut und Mitleid. Ich griff zum Telefon.

»Hallo, wie geht's dir?«

»Mir geht's gut.« Allein beim Klang ihrer Stimme musste ich zittern.

»Mir auch«, erwiderte ich, und das war nicht gelogen.

10.

Ich und Camilla.

Camilla und ich.

Wir drückten dieselbe Schulbank, machten dieselben Hausaufgaben, tauschten dieselben Küsse.

Es war wie in einem romantischen Spielfilm.

Wir redeten stundenlang über alles Mögliche, alberten herum und planten unsere Zukunft. Ich auf meinem Bett, sie auf dem Fußboden. Sie konnte keine Sekunde still sitzen, ging in den Spagat, streckte die Zehen, ließ die Hüften knacken und wechselte ihre Haltungen so mühelos wie ich Fernsehsender.

Von zwei bis fünf lernten wir zusammen, anschließend ging es zum Ballettunterricht. Camilla war so gut, dass ihre Lehrerin sie häufig die Stunde leiten ließ.

Ich brachte sie hin und holte sie auch wieder ab. Bei

schlechtem Wetter wartete ich in der letzten Reihe, wo ich mehr oder weniger sofort eindöste. Manchmal sogar mit Absicht, um von ihrem Kuss geweckt zu werden.

Ich war jetzt ihr Freund, ohne sie danach gefragt zu haben. Ohne dass wir das jemals ausgesprochen hätten.

Ich hatte das ganze Leben noch vor mir und sie an meiner Seite: Etwas Schöneres konnte ich mir nicht vorstellen. Meine Mutter spionierte uns nach und überwachte uns diskret. Sie machte eine Kleinigkeit zu essen und brachte sie nach nur einmaligem Klopfen ins Zimmer. Mein Vater musterte mich wohlwollend.

Manchmal blieb Camilla zum Essen und erzählte begeistert von Balletten und Kostümen. Meine Mutter stellte jede Menge Fragen. Ihr Gesicht bekam dann immer so etwas Entrücktes, als wäre es auch ihr Traum zu tanzen. Aber vermutlich galt das für jede Frau. Wer weiß, was wirklich in ihr vorging.

»Am Sonntag lädt die Ballettakademie der Pariser Oper zum Vortanzen ein!« Camilla war wie berauscht. Sie hüpfte um mich herum wie ein kleines Kind.

»Ja und?«

»Wie, ja und? Auf so eine Gelegenheit warte ich schon seit Jahren! Es werden Talentscouts da sein, die sich alle Tänzerinnen ganz genau anschauen …« Sie verstummte und sah versonnen in die Ferne. »Das ist meine Chance!« Um dann melancholisch hinzuzufügen: »Meine Mutter wäre stolz auf mich. Ich bin neunzehn, aber wenn ich es jetzt nicht versuche, werde ich eine von diesen frustrierten Ballettlehrerinnen, die mal davon geträumt haben, Tänzerin zu werden!«

Mich beschlich ein unangenehmes Gefühl, so als dämmerte mir etwas, das ich bisher erfolgreich verdrängt hatte.

»Aber du unterrichtest doch gern!«, rief ich spontan.

»Natürlich tue ich das, weil ich das Tanzen liebe. Und damit auch den Tanzunterricht. Aber mit einem festen Ensemble auf Tournee zu gehen ist etwas ganz anderes. Das wäre wirklich mein Traum.«

Kam ich in Camillas Traum eigentlich auch noch vor?

Wenn ich ehrlich war, wusste ich, dass das schon immer ihr größter Wunsch gewesen war. Nicht umsonst hatte sie mir auf der Party vor dem Aquarium davon erzählt. Andererseits waren da unsere Küsse und verliebten Spaziergänge. Die Camilla, die bei uns in der Küche stand und mit meiner Mutter kochte, sich gemeinsam mit ihr über meine Schwächen amüsierte. All das hatte mir den Blick auf die Wahrheit verstellt.

Was hast du denn gedacht? Du *bist derjenige, der keine Träume hat! Der froh ist, wenn alles so bleibt, wie es ist. Hast du wirklich ernsthaft geglaubt, deine Mutter könnte ihre ersetzen? Ihr familiäre Geborgenheit schenken und sie von dem abbringen, was sie sich am allermeisten wünscht?*

Nein. Stattdessen hast du gehofft, dass sie deinetwegen darauf verzichtet.

Ich umarmte Camilla und flüsterte: »Hoffentlich läuft es super, und alle sehen, wie phantastisch du bist!«

Das war meine erste Liebeslüge.

Das Vortanzen verlief erfolgreich. Camilla bekam ein zweijähriges Stipendium in Paris, um ihre Technik weiter zu perfektionieren. Mit der Möglichkeit, die Prüfung zur Primaballerina abzulegen.

Ich weiß nicht, was genau man ihr sagte, nur was sie rief, als sie sich überglücklich in meine Arme warf.

»Ich hab es geschafft! Ich gehe nach Paris! Ist das nicht toll, Alberto?«

Ich drückte sie an mich, um meine innere Leere zu füllen. Je stärker ich sie spürte, desto besser würde ich die Tränen zurückhalten können.

Doch als Camilla sich von mir löste, sah sie, dass meine Augen feucht waren.

»Alberto, du weinst ja!«

»Nein, nein, ich freu mich bloß für dich!«

»Schatz! Es sind doch nur zwei Jahre, und die gehen schnell vorbei. Außerdem können wir uns besuchen, uns schreiben und …«

»Ich möchte dich nicht verlieren!«

»Ich dich auch nicht. Es wird nicht leicht sein, denn du wirst mir wahnsinnig fehlen. Ich werde einsam sein und vor dem Einschlafen immer nur an dich denken.«

»Und ich an dich.«

»Bist du sicher? Wirst du mich nicht im Nu vergessen haben?«

»Ich werde dich nie vergessen.«

»Das will ich schriftlich! Versprich es mir!«, scherzte sie.

Ich nahm den Kassenbon der Bar, die wir gerade verlassen hatten, und schrieb auf die Rückseite:

Ich, der Unterzeichnende Alberto Mainardi,
geboren in Genua am 04. 03. 1965, wohnhaft in der Via dei
Glicini 8 in Genua, Tel. 010/5 759 043, erkläre hiermit,
dass du, Camilla Sensini, mich nie verlieren wirst.

»Siehst du, ich habe sogar meine persönlichen Daten hinzugefügt, damit es rechtsgültig ist. Du kannst es also gegen mich verwenden.«

Sie brach in schallendes Gelächter aus und küsste mich.

11.

Camilla brach die Schule ab, bestieg den Zug nach Paris und ließ mich im wahrsten Sinne des Wortes auf der Strecke.

Die Zeit vor ihrer Abreise war schlimm: ihr Gepäck, zu dem ich nicht gehörte. Ihre Pläne, in denen ich nicht vorkam – das Ganze war eine echte Qual für mich. Aber noch schlimmer war die Leere, die sie zurückließ.

Jeden Sonntagabend saß ich vor dem Telefon und wartete auf ihren Anruf. Der dauerte nur wenige Minuten und musste für die ganze Woche reichen.

Wenn ich von der Schule nach Hause kam, schaute ich als Erstes in den Briefkasten. Ihre Briefe enthielten lauter spannende Anekdoten: Sie erzählte von Begegnungen mit berühmten Choreografen, von Praktika in angesehenen Theatern und durchschnittlich acht Stunden Tanztraining am Tag. Von uns und unserer gemeinsamen Zukunft war immer weniger die Rede. Sie war jetzt eine Primaballerina, und das war das Wichtigste. Ich war unwichtig.

Eines Abends sagte sie mir am Telefon, dass sie nicht einmal in den Sommerferien nach Hause kommen würde. Man habe sie für eine Tournee durch Nordfrankreich engagiert. Da ahnte ich, dass ich sie nie mehr wiedersehen würde, dass alles aus war. Ich fragte, ob sie mich liebe, ob ich ihr fehle.

Aber auf einmal war die Verbindung unterbrochen, und ich sollte nie eine Antwort bekommen.

Als ich mich eines Tages in mein Zimmer zurückzog, um mich aufs Abitur vorzubereiten, hielt ich es kaum noch aus vor Liebeskummer.

Mein Blick fiel auf den leeren Stuhl, auf dem sonst immer Camilla gesessen hatte. Wütend fegte ich alles vom Schreibtisch, einschließlich der Lampe.

Meine Mutter stürzte herein, aber ich warf sie raus, um dann aus diesem Zimmer, aus dieser Wohnung zu fliehen.

Ich rannte ans Meer und dann am Strand entlang, bis ich nicht mehr konnte. Schluchzend ließ ich mich in den Sand fallen und blieb dort eine Ewigkeit sitzen. Als ich mich wieder beruhigt hatte, merkte ich, dass ich immer noch das Gefühl hatte, nicht ohne Camilla leben zu können.

Ich hörte auf zu sprechen. Am liebsten hätte ich auch aufgehört, zur Schule zu gehen.

Nach wenigen Wochen blieben selbst Camillas Briefe aus, und niemand bat mich mehr, sie zu grüßen, oder erkundigte sich nach ihr.

Meine Eltern taten so, als hätte es sie nie gegeben.

Ich machte das schlechteste Abitur seit Bestehen der Schule. Dass ich überhaupt durchkam, lag ausschließlich an meinen guten Noten von früher und an Signora Rossi, die ein gutes Wort für mich einlegte.

Ich schrieb mich an der Uni ein, und meine Eltern waren beruhigt.

»Jetzt beginnt ein ganz neues Leben!«, rief meine Mutter erleichtert. Da ich sie kaum noch beachtet hatte, hatte auch sie sehr gelitten. Außerdem hatte sie recht: Mit neunzehn wurde es höchste Zeit, dass ich etwas mit meinem Leben anfing.

Teilweise gelang mir das sogar. Die Seminare gaben mir Halt, und ich lernte neue Leute kennen. Mit anderen Studenten gründete ich eine Arbeitsgruppe.

Ich fing an zu rauchen.

Doch als ich eines Abends nach Hause kam, merkte ich, dass meine Mutter angespannt war.

»Du musst es ihm sagen«, meinte mein Vater.

»Was denn?«

Mutter warf ihm einen bösen Blick zu und gab mir seufzend einen Umschlag.

»Das ist heute für dich gekommen.«

Camillas Handschrift machte all meine Fortschritte wieder zunichte.

Der Umschlag enthielt drei Karten für den *Nussknacker*, der in zwei Wochen in unserer Stadt gegeben würde.

An diesem Abend ging ich, ohne etwas zu essen, ins Bett.

»Wir müssen da nicht hin!«, sagte meine Mutter, als ich am nächsten Morgen versuchte, etwas herunterzubringen.

Ich schwieg, hatte noch gar nicht richtig begriffen, dass Camilla auch auftreten würde. Ich war in Gedanken immer noch bei dem von ihr beschrifteten Umschlag, der meine Adresse trug. Es gab mich also doch noch.

»Verschenkt die Karten. An dem Samstag hat mich ein Freund auf seine Geburtstagsparty eingeladen, und die möchte ich nicht verpassen.«

Staunend, aber erleichtert, dass Camilla kein Problem mehr für mich war, verschenkte meine Mutter die Karten für die fünfte Reihe, Parkett Mitte, an unsere Nachbarn.

Am Abend der Aufführung ging ich allein ins Theater. Ich kaufte eine Karte für den zweiten Rang, Seitenloge.

Camilla betrat die Bühne, und mir stockte der Atem. Sie wirkte noch zierlicher und leichter als sonst. Ich konnte mich gar nicht an ihr sattsehen und verfolgte ihre Sprünge und Pirouetten.

Sie tanzte Spitze, hielt die Arme grazil über den Kopf und hatte einen unglaublich selbstbewussten Blick. Applaus brandete auf.

Das Publikum erhob sich von seinen Sitzen, erst im Parkett, dann auf den Balkonen und Rängen. Alle waren aufgesprungen – nur ich nicht.

Nach Ende der Vorstellung kam sie noch dreimal auf die Bühne, und der Applaus schien gar nicht mehr aufzuhören. Sie trat so nah wie möglich an den Bühnenrand und sah suchend zu unseren Plätzen hinüber. Langsam erlosch ihr Lächeln. Dann machte sie eine Verbeugung und verschwand hinter den Kulissen.

Die Menge drängte mich zum Ausgang, kalte Luft schlug mir entgegen. Ich atmete tief durch.

Dann stieg ich ins Auto und blieb dort wie gelähmt sitzen.

Nach etwa einer Dreiviertelstunde, in der sich die Zuschauer längst zerstreut hatten, kamen einige Personen aus einer Seitentür. Camilla hatte einen Blumenstrauß in der Hand und unterhielt sich mit anderen Tänzern.

Ich umklammerte das Lenkrad, rief stumm ihren Namen und verabschiedete mich endgültig von ihr. Dann ließ ich den Motor an und fuhr nach Hause.

12.

An diesem Abend wurde mir etwas Wichtiges klar: Camilla würde nie mehr zu mir zurückkehren.

Ich beschloss, mich ganz meinem Studium zu widmen. Um mich abzulenken, lernte ich Gitarrespielen und schrieb mich in einer Theatergruppe ein. Ich fing an, wieder mit meinen Eltern zu reden und mit ihnen zu Abend zu essen. Die einzigen Zeugen meiner großen Liebe zu Camilla waren mir nicht mehr unangenehm.

Im vierten Studienjahr lernte ich Sandra kennen, eine der brillantesten Studentinnen meiner Universität. Ein gemeinsamer Freund stellte uns vor und sollte unser Leben dadurch für immer verändern. Sandra hatte große Ähnlichkeit mit meiner Mutter. Nicht äußerlich, sondern von ihrem Charakter her. Sie stand mit beiden Beinen auf der Erde und war eine der Frauen, die genau wissen, dass sie einmal heiraten und Kinder haben werden. Sie war perfekt.

Sie studierte zeitgenössische Literatur und träumte davon, in einem Verlag zu arbeiten. Sie gab Scharen von Kindern Nachhilfe und spielte recht gut Tennis.

Das Tanzkapitel war damit abgeschlossen.

Eines Abends, als meine Mutter gerade eine dampfende Lasagne aus dem Ofen holte, sagte ich: »Ich habe jemanden kennengelernt.«

Mama stieß einen leisen Schrei aus und hätte fast die Auflaufform fallen lassen. »Gott sei Dank!«, rutschte es ihr heraus.

Papa und ich mussten lachen, und dieses Lachen schien Camilla ein für alle Mal zu verbannen.

»Das muss gefeiert werden!« Mein Vater machte eine Flasche Brunello auf, einen ganz besonderen Jahrgang, den er von einem seiner Kunden zu Weihnachten geschenkt bekommen hatte.

Ich sah, wie sie auf mich anstießen, und war gerührt über so viel Anteilnahme. Hilflos hatten sie mitansehen müssen, wie sehr ich litt, sodass sie jetzt schon auf die bloße Möglichkeit tranken, ich könnte mit einer anderen glücklich werden.

Die Zeit verging, und es fehlten nur noch wenige Prüfungen bis zur Abschlussarbeit.

Sandra und ich waren ein Paar. Sie interessierte sich für Filme und Musik, war wahnsinnig intelligent und hatte so etwas Mütterlich-Zupackendes.

Sie war perfekt.

Meine Mutter wollte sie unbedingt kennenlernen und ließ keine Gelegenheit aus, sie zu grüßen. Als wir ungefähr ein Jahr zusammen waren, brachte ich sie zum ersten Mal mit nach Hause.

»Bist du sicher? Was, wenn mich deine Eltern nicht mögen?«

»Dich muss man einfach mögen! Sie werden begeistert sein. Außerdem zählt nur, dass ich dich mag!«

Sie waren tatsächlich begeistert. Meine Mutter ging sogar extra zum Friseur und präsentierte sich im Ivana-Trump-Look. Er stand ihr nicht schlecht, aber Papa und ich mussten trotzdem lachen, wenn sich unsere Blicke trafen.

»Schätzchen, hat der Friseur vergessen, dir rechtzeitig die Trockenhaube abzunehmen?«

»Du meinst, sie sieht aus, als hätte sie in die Steckdose gefasst? Nein, Papa, das trägt man heute so.«

Sandra sagte immer wieder, wie gemein wir doch seien und dass wir einfach keine Ahnung von Mode hätten. Unsere Mutter sehe mindestens zehn Jahre jünger aus. Nicht zu fassen, dass sie schon so einen großen Sohn hatte!

Ja, Sandra war einfach perfekt.

Alles lief glatt. Ich schloss mein Studium ab, und auch Sandra machte pünktlich Examen. Sie konnte freiberuflich für einen kleinen Verlag arbeiten, während ich als Junior Product Manager bei einer Firma für Haushaltswaren anfing. Eines Abends schlug Sandra vor zu heiraten.

»Du willst heiraten?«

»Ja, wieso? Du etwa nicht?«

»Doch. Aber schon so früh?«

»So früh ist das gar nicht. Du hast eine feste Stelle, und meine Aussichten sind auch gut. Außerdem sind meine Eltern bereit, uns bei der Miete unter die Arme zu greifen, bis wir auf eigenen Beinen stehen können.«

Sie hatte klare Vorstellungen und konnte sehr überzeugend argumentieren.

Und so kam es, dass wir auf einmal mitten in den Hochzeitsvorbereitungen steckten, ohne dass ich wirklich Ja gesagt hätte.

Sandra und unsere Mütter dachten an alles. Ich musste nur ein paar Anweisungen ausführen und mir einen Hochzeitsanzug kaufen. Ich war eins achtzig, hatte eine gute Figur und dichtes kastanienbraunes Haar.

Als ich aus der Umkleide kam, blieb meiner Mutter der Mund offen stehen, und in ihren Augen schimmerten Tränen.

»Meine Güte, Alberto, du siehst phantastisch aus!«
Der Anzug stand mir gut.

Mein Vater fing plötzlich an, mir Vorträge zu halten: von wegen wie stolz er auf mich sei, dass ich beschlossen hatte zu heiraten. Dass das Gelingen einer Ehe in erster Linie von der geistigen Reife des Mannes und seinem Verantwortungsbewusstsein abhänge. Bei diesen Gelegenheiten legte er mir die Hand auf die Schulter und schloss mit Sätzen wie: »Und wenn irgendwas ist, kannst du dich immer auf deinen alten Herrn verlassen!«

Nach diesen Predigten verging mir zeitweise die Lust, Sandra zu sehen, aber das legte sich wieder.

Eines Tages wurde ich in die Blumenhandlung geschickt, um den Kirchenschmuck zu zahlen. Während mir die Verkäuferin zeigte, was Sandra ausgesucht hatte, schweifte mein Blick zu den Begonien im Schaufenster – und erfasste Camilla.

Sie überquerte direkt vor mir die Straße und wirkte irgendwie gehetzt, auf jeden Fall traurig. Obwohl ich sie jahrelang nicht gesehen hatte, las ich in ihrem Gesicht wie in einem offenen Buch. Meine Beine gaben nach, und ich musste mich an den Verkaufstisch lehnen.

»Ist Ihnen nicht gut? Möchten Sie ein Glas Wasser?«

Ich bejahte, aber nur um die Verkäuferin loszuwerden.

Als sie mit einem Glas in der Hand wiederkam, war Camilla verschwunden, und ich glaubte schon, sie mir bloß eingebildet zu haben.

Am Abend entdeckte ich die Todesanzeige ihres Vaters in der Zeitung. Da verstand ich den Grund ihres Besuchs und ihren bedrückten Gesichtsausdruck.

Das Heiraten selbst war kinderleicht: Ich sagte mit lauter Stimme Ja, hörte zu und unterschrieb mehrmals in einem großen Buch. Ich lächelte dem Fotografen zu, aß und hob mein Glas.

Bis die Wohnung, die wir uns ausgesucht hatten, renoviert war, lebten wir ein paar Wochen bei Sandras Eltern.

Dann kam Alice zur Welt, und ich wurde erwachsen. Ich bekam Panik, witterte überall Gefahren. Wenn ich abends erschöpft ins Bett fiel, wünschte ich mir, dass meine Tochter niemals groß würde. Was, wenn sie mir Fragen stellte, auf die ich keine Antwort hatte? Was, wenn sie merkte, was für eine Wahnsinnsangst ich um sie hatte?

Eines Abends konnte ich mich nicht länger beherrschen: »Ich habe Angst, Sandra. Ich bin einfach nicht dafür gemacht, ein Kind zu haben. Ich kann ihm nicht geben, was es braucht. Das Ganze wird in einer Katastrophe enden.«

»Du wirst ein guter Vater sein, und sie wird dich abgöttisch lieben: Irgendwann wirst du das auch erkennen, und zwar wenn sie anfängt, nur noch Augen für dich zu haben. Du musst nicht alles sofort können, du wächst an deinen Aufgaben. Hauptsache, du bleibst du selbst: zärtlich, verantwortungsbewusst, ehrlich und liebevoll, mit anderen Worten ganz normal. Du bist ihr Vater, und nichts wird euch trennen. In jedem Mann, der ihr begegnet, wird sie nach dir suchen. Und deshalb wird sie immer zufrieden mit dir sein.«

Aber nicht Alice sollte mir das beibringen, sondern Sandra.

13.

Die Jahre vergingen. Sandra arbeitete als Übersetzerin und betreute eine Kinderbuchreihe, auf diese Weise hatte sie immer neue Geschichten für Alice auf Lager. Die wuchs und wuchs und war einfach nur hinreißend.

Irgendwie war ich wirklich erwachsen geworden und übernahm ganz selbstverständlich Verantwortung.

Meiner Frau schien es auch gut zu gehen. Sie liebte ihre Arbeit, vor allem aber ihre Familie.

Von Camilla hörte ich nichts mehr.

Ich machte in der Firma von mir reden und bekam eine leitende Position. Ich nahm an allen wichtigen Besprechungen teil und würde schon bald für einen ganzen Geschäftsbereich verantwortlich sein.

An dem Tag, an dem ich befördert wurde, konnte ich es kaum fassen.

»Du hast schwer geschuftet, Alberto, und es wirklich verdient. Ich möchte, dass Sandra und du morgen mit uns ins Theater geht!«

»Ja, gern«, erwiderte ich.

Mein Chef war ein Freund der schönen Künste. Wenn er einen Mitarbeiter samt Ehefrau ins Theater einlud, hieß das angeblich, dass man hoch in seiner Gunst und der Karriere nichts mehr im Weg stand.

Ich rief Sandra noch in seinem Beisein an, um ihr von der Einladung zu berichten.

Mit dem Hörer in der Hand drehte ich mich um und gab Sandras Frage weiter: »Was schauen wir uns denn an?«

»*Giselle*«, sagte er, um dann zu meinem Entsetzen fortzufahren: »Das ist ein klassisches Ballett. Von einer französischen Truppe.«

Ich legte auf.

»Alles in Ordnung, Alberto?«

»Ja.« Ich schluckte. »Die Verbindung war auf einmal weg. Aber ich muss jetzt noch einiges erledigen. Bis morgen.« Mit diesen Worten machte ich die Tür hinter mir zu.

Lieber Gott, tu mir das nicht an! Bitte mach, dass sie nicht mit dabei ist!

Ich wusste nicht, was ich tun sollte: nachschauen, um welche Truppe es sich handelte, oder mir eine plausible Ausrede ausdenken, um nicht hingehen zu müssen.

Mir zitterten die Beine.

»Die Primaballerina ist Italienerin«, rief die Frau meines Chefs, als wir das Theater betraten.

»Tatsächlich?«, sagte Sandra.

»Ja. Sie heißt Camilla irgendwas, den Nachnamen weiß ich nicht mehr. Wahnsinnig berühmt ist sie nicht, aber sie soll sehr gut sein!«

»Das freut mich«, erwiderte Sandra zerstreut.

Sosehr du auch versuchst, vor ihr davonzulaufen: Irgendwann wirst du dich ihr stellen müssen.

Schon bei ihrem Namen bekam ich eine Gänsehaut. Am liebsten hätte ich laut gerufen, dass »Camilla irgendwas« *meine* Camilla und selbstverständlich sehr gut war: Schließlich hatte sie unsere gemeinsame Zukunft dem Ballett geopfert!

Doch stattdessen sagte ich nur: »Ich geh mal kurz auf die Toilette.« Dort hielt ich die Handgelenke unters Wasser und kühlte mein Gesicht.

Nach einer Viertelstunde war ich immer noch dort. Ich verging fast vor Angst. Doch dann riss ich mich zusammen und ging zu den Rängen. Ob sich das Gefühl, im falschen Moment am falschen Ort zu sein, noch legen würde?

Die Aufführung war ein voller Erfolg, aber danach war ich am Boden zerstört. Ich schob eine plötzliche Allergie vor und zerrte Sandra nach draußen, bevor das Licht wieder anging.

»Eine wunderbare Vorstellung. Wir sollten öfter ins Theater gehen.«

Ich tat so, als hätte ich nichts gehört.

An diesem Abend beschlossen wir, ein zweites Kind zu bekommen.

Matteo.

DRITTE REGEL: WER DIE MITTE BEHERRSCHT, BEHERRSCHT DAS GANZE SCHACHBRETT

14.

Wenn wir in die Zukunft sehen könnten – würde uns das weiterhelfen? Würden wir uns dann nicht in die Nesseln setzen, nichts falsch machen und nichts sagen, was wir später bitter bereuen? Gut möglich, dass wir dann das Richtige tun, die richtige Entscheidung fällen und uns vor allem nicht so überrumpelt fühlen würden.

Nachdem ich sie fünfundzwanzig Jahre nicht gesehen hatte, stand sie plötzlich vor mir. Und diesmal war es definitiv keine Einbildung.

Erst wenige Tage zuvor war ich mit Sandra in der Nähe meines Büros eine Kleinigkeit essen gegangen. Meine Frau und ich machten fast nie gemeinsam Mittagspause, aber diesmal hatten wir einiges zu besprechen. Sandra hatte Unterlagen des Förderprogramms dabei, das von Matteos Schule angeboten wurde. Sie wollte, dass ich sie mir ebenfalls ansah und sie in ihrer Entscheidung unterstützte.

Als ich den Salat anmachte und mich zur Straße drehte, passierte dasselbe wie kurz vor der Hochzeit beim Blumenhändler: Jemand, der mir bekannt vorkam, geriet in mein Blickfeld, und mir blieb fast das Herz stehen.

»Alberto, hörst du mir überhaupt zu? Du siehst aus, als hättest du ein Gespenst gesehen!«

Ich zögerte, sah mein ganzes Leben an diesem Fenster vorbeizeihen und sagte dann zu Sandra: »Entschuldige, aber ich war gerade in Gedanken. Ich habe vergessen, etwas Wichtiges zu erledigen. Was hast du gesagt?«

Sie fuhr mit ihren Erklärungen fort, während ich mir einredete, dass es eine Doppelgängerin sein musste. Nach all der Zeit konnte diese Frau nur ein müder Abklatsch meiner Camilla sein. Trotzdem brauchte ich nur stumm ihren Namen zu sagen, und schon geriet mein Blut in Wallung.

Als ich später vom Büro nach Hause ging, blieb ich abrupt stehen.

»Alberto!«

Ihre Stimme, ihre unverwechselbare Stimme!

Auf einmal stand sie vor mir, strahlend schön.

Ja, sie ist wirklich wunderschön. Und besitzt die emotionale Sprengkraft einer Atombombe.

»Alberto, erinnerst du dich noch an mich?«

Ob ich mich noch an dich erinnere? Ich hab dich in all den Jahren nie vergessen können!, schoss es mir durch den Kopf. Und auf einmal bekam dieser absurde Gedanke ein erschreckendes Gewicht.

Sandra hatte mich gerade gebeten, Alice vom Tennis abzuholen. Matteos Logopädentermin war verschoben worden, sodass sie es nicht mehr rechtzeitig schaffte. Doch plötzlich schien alles in der Schwebe zu sein, und mir war, als hätte ich nie aufgehört, die Frau vor mir zu lieben, auch wenn ich nicht mit ihr verheiratet war.

»Du hast dich kein bisschen verändert. Ich hätte dich überall wiedererkannt! Wie lange ist das jetzt her?«

Viel zu lange! Was stellst du bloß für Fragen? Am 15. März 1984 bist du ohne ein Wort aus meinem Leben verschwunden und hast mir das Herz gebrochen. Weißt du das etwa nicht mehr?

Ich merkte, dass ich zwar den Mund aufgemacht, aber noch keinen Ton herausgebracht hatte. Es hatte mir komplett die Sprache verschlagen. Eigentlich hätte ich sie anschreien, ja wütend sein müssen, aber dem war nicht so.

Ich war glücklich und versank in ihren Augen. Es schien, als hätte jemand die Zeit zurückgedreht.

»Hast du Lust, was trinken zu gehen?«

Ich hätte mich sofort von ihr verabschieden müssen, aber aus Angst, sie nie mehr wiederzusehen, nickte ich und folgte ihr in eine Bar.

Kann es sein, dass du nie aufgehört hast, sie zu lieben? Dass du erst jetzt begreifst, welche Lücke sie in deinem Leben hinterlassen hat? Kann es sein, dass du nach all den Jahren immer noch nicht über sie hinweg bist? Dass du erst jetzt begreifst, wie unauslöschlich deine Liebe ist?

Da klingelte mein Telefon und drängte mich zum Gehen.

»Ich muss los.«

»Jetzt schon?«

»Ich muss meine Tochter vom Tennis abholen und bin schon spät dran. Aber …«

»Wollen wir uns morgen wiedersehen?«

Morgen? Meine Güte! Nach all den Jahren soll ich dich morgen wiedersehen?

»Ja. Ich frühstücke hier immer so gegen halb neun.«

»Ich werde da sein.«

Ich griff zur Mappe mit meinen Unterlagen und zupfte mir die Krawatte zurecht. In der Tür blieb ich stehen. Ich war dermaßen aufgewühlt, dass ich am liebsten kehrtgemacht und ihr die Kleider vom Leib gerissen hätte. Doch ich eilte wortlos davon.

»Ich hasse Tennis!« Die Stimme meiner Tochter durchbrach das Schweigen, in das ich mich gehüllt hatte. Ich beschloss, nicht mehr an Camilla zu denken. Ich musste dringend zur Ruhe kommen, eine Nacht darüber schlafen. Ich würde nach Hause fahren, eine Kleinigkeit essen und starke Kopfschmerzen vortäuschen, um mich zurückziehen zu können. Ich brauchte Zeit.

»Ja«, sagte ich zu meiner Tochter.

»Was, ja?«

»Ja, alles okay.«

»Was ist okay?«

»Entschuldige, Ali, aber ich bin zu müde für so eine Diskussion.«

»Ich will nicht mehr dahin!«

»Wohin?«

»Pa, bist du noch da? Hörst du mir überhaupt zu? Zum Tennis! Ich hasse es!«

»Okay.«

»Im Ernst?«

»Was?«

»Wärst du nicht schon so alt, könnte man meinen, du bist bekifft!«

»Ali! Findest du mich alt? Zu alt fürs Kiffen?«

»Ich rede gerade vom Tennisspielen.«

»Antworte mir, Ali! Findest du mich zu alt?«

»Wofür, Pa?«

Ich hielt an der Ampel und sah zu ihr herüber. »Ganz allgemein, findest du mich alt?«

»Du bist mein Vater, und du bist nicht alt. Aber heute Abend bist du komisch!«

»Entschuldige, Ali, ich bin einfach bloß müde.« Ich kam mir vor wie ein Idiot. Aus dem Augenwinkel sah ich, wie sie ihr Handy kontrollierte. *Wenn du wüsstest, dass ich weder zu alt bin, um zu kiffen, noch um eine Frau zu begehren, die nicht deine Mutter ist!*, dachte ich. Ich konnte nur hoffen, dass sie das niemals erfahren würde.

Kaum hatte ich die Wohnungstür aufgesperrt, ließ meine Tochter den Rucksack fallen und stürmte in die Küche. Ich hörte ihre und Sandras Stimme und traute mich nicht weiter. Am liebsten wäre ich gleich wieder gegangen, hätte die Tür hinter mir zugezogen und tief durchgeatmet.

»Ali, du hast deinen Rucksack einfach so in die Ecke gepfeffert! Du musst lernen, besser auf deine Sachen achtzugeben. Los, heb ihn auf!«

Ich betrat die Küche und musterte Alice, die mich ihrerseits anstarrte wie einen Außerirdischen. Ich konnte nur hoffen, dass Sandra nichts merkte.

»Dein Vater hat recht!«, sagte meine Frau und hielt sich an unsere Vereinbarung, bei der Kindererziehung stets an einem Strang zu ziehen.

Genervt blies Alice die Backen auf. »Uff, so ein Scheiß aber auch!«

Ich versuchte, ihr einen Klaps auf den Hintern zu geben, aber sie konnte gerade noch ausweichen.

Kaum waren Sandra und ich allein, sah ich sie kopfschüttelnd an, als wäre ich wirklich verärgert.

»Du hattest einen anstrengenden Tag, stimmt's?« Sie kümmerte sich wieder um den Salat.

»Ja«, sagte ich nur.

Dann ging ich ins Bad, schloss hinter mir ab, lehnte mich mit dem Rücken an die Tür und murmelte: »Es ist nicht das Geringste passiert.« Um dann mit geballten Fäusten hinzuzufügen: »Aber warum bekommst du sie dann einfach nicht mehr aus dem Kopf, verdammt?«

»Essen ist fertig!« Sandras Stimme drang durch die geschlossene Badezimmertür, und ich merkte, dass ich Hunger hatte. Ich wartete noch kurz und suchte nach einer Ausrede, aber auf die Schnelle fiel mir nichts ein. Was, wenn ich mich krank stellte? Aber dann würde sich die Familie erst recht um mich versammeln, und genau das wollte ich vermeiden. Ein dringender Anruf meines Chefs? Das war in all den Jahren bloß einmal vorgekommen, als es im Büro gebrannt hatte. Alle waren sofort hingefahren, um zu retten, was noch zu retten war, und Sandra hatte auch mitgeholfen.

Es klopfte. »Papa, das Essen ist fertig!« Die verzerrte Stimme Matteos riss mich aus meiner Trance. *Es ist nicht das Geringste passiert.*

Ich öffnete die Tür und ging vor ihm in die Hocke. Ich legte den Zeigefinger unter meinen Mund, dann die Faust auf die Wange und bildete anschließend mit beiden Händen einen Kreis, den ich in seine Richtung neigte. Gebärdensprache für: »Sag Mama, ich komme!«

Ich hatte fast nicht geschlafen, trotzdem konnte ich es kaum erwarten, endlich aufzustehen. Ich war vor Sandra ins Bett gegangen, hatte gehört, wie sie sich auszog, ihr Nachthemd überstreifte und sich das Gesicht eincremte. Kurz darauf ging das Licht aus, und ich hoffte vergeblich, zur Ruhe zu kommen. Nachdem ich mich mehrmals hin und her gewälzt hatte, starrte ich auf die Ziffern des Digitalweckers, die vom Display an die Decke geworfen wurden.

Um Punkt sieben stand ich auf. Ich weckte Alice und ging ins Bad. Wenige Minuten später wärmte ich Milch für Matteo auf und toastete Brot.

»Kochst du keinen Kaffee?« Sandra legte einen Arm um mich und küsste mich auf die Schulter.

»Davon trinke ich schon im Büro viel zu viel.« Das war meine erste Lüge.

»Du hast heute Nacht wahnsinnig unruhig geschlafen. Bist du sicher, dass alles in Ordnung ist?«

»Klar, ich bin bloß müde und gestresst von der Arbeit.« Und das war die zweite.

»Hallo, mein Schatz!« Sandra begrüßte Matteo, der in der Tür stand und sich die Augen rieb. Ich sah, wie mein Sohn lächelte, als meine Frau in Gebärdensprache fragte, ob er lieber ein Müsli oder ein Nutellabrot wolle. Er hob den Arm und ballte die Faust, als wollte er eine Kuh melken. Anschließend setzte er sich auf seinen Hocker. Ich nahm den Topf vom Herd, bevor die Milch überkochte, und goss sie in eine Schale. Matteo lächelte mich an und zog sie zu sich her, starrte in den aufsteigenden Dampf.

»Ich muss jetzt los!« Ich küsste ihn auf den Scheitel und stürzte hinaus, konnte es kaum erwarten, einen Kaffee zu trinken.

Ich fuhr sehr unkonzentriert. Im Hintergrund philosophierte DJ Davide mal wieder über Gott und die Welt. Ich war eines Morgens zufällig auf seine Sendung gestoßen und hatte gehört, wie er das heikle Thema »Schulische Integration behinderter Kinder« ansprach. Ein Beamter der Schulbehörde und eine Kinderpsychologin waren dazugeschaltet. Mich interessierte vor allem, welche Fragen Davide seinen Gesprächspartnern stellen würde. Es waren dieselben, die auch ich gestellt hätte. Ich weiß noch, wie ich dachte: *Der Typ versteht wirklich was von seinem Job.* Vielleicht hatte er auch einen Sohn wie Matteo? Der Mann war mir dermaßen sympathisch, dass ich am liebsten mit ihm ein Bier trinken gegangen wäre.

Aber an diesem Morgen sprach er über das Leben nach

dem Tod. Ein Hörer berichtete gerade von seinen Erfahrungen. Seine Frau war gestorben, aber er war sich sicher, dass ihre Seele die Wohnung nie verlassen hatte. Ganz einfach, weil er sie spürte. Wenn man so wollte, machte auch ich eine übersinnliche Erfahrung: Wer weiß, ob ich Camilla tatsächlich getroffen oder sie mir nur eingebildet hatte?

Bis morgen, DJ Davide! Du Glücklicher kannst einfach ein Lied spielen, wenn du nicht mehr weißt, was du sagen sollst!

Ich stellte den Wagen auf dem Firmenparkplatz ab und ging dann schnurstracks zur Bar auf der anderen Straßenseite. Bevor ich sie betrat, spähte ich hinein, um mich davon zu überzeugen, dass keine Kollegen da waren.

Gleich würde ich Camilla wiedersehen. Ganz so, als hätte ich in der Zwischenzeit nicht gelitten wie ein Tier und eine Familie gegründet.

Ich hätte kehrtmachen und ohne Frühstück zur Arbeit gehen sollen. Camilla hätte das bestimmt verstanden und wäre wieder aus meinem Leben verschwunden. Genau das hätte ich tun sollen, und nichts wäre passiert.

Ich drückte die Tür auf.

Was ihr wohl durch den Kopf ging, wenn sie mich sah? Ich hatte zugenommen und weniger Haare als früher, während sie nach wie vor die Schönste war.

»Was wünschen Sie?«, fragte der Barista freundlich.

Ich sah mich um, hoffte, sie an einem der Tische zu entdecken: Fehlanzeige. Deshalb stammelte ich: »Einen Cappuccino bitte, danke.«

»Früher hättest du einen Kakao bestellt.« Als ich ihre Stimme hörte, zuckte ich zusammen. Camilla stand direkt hinter mir. Bestimmt hatte sie gesehen, wie ich mir unbeholfen den Hals nach ihr verrenkte.

»Ja, aber heute bin ich mit Süßem vorsichtig!«

Ich war verlegen und gleichzeitig aufgeregt. Ich hätte gern ein paar witzige Bemerkungen gemacht, um zu beweisen, wie schlagfertig ich war, brachte aber nur heraus: »Was machst du hier?«, als wäre sie eine x-beliebige Bekannte.

»Ich habe beschlossen, etwas kürzerzutreten. Außerdem hatte ich Heimweh nach Italien. Ich habe alles mitgenommen, was Paris mir geben konnte, und will jetzt wieder Tanz unterrichten. Und zwar hier an der Schule, die einst meiner Mutter gehört hat. Das ist genau das Richtige!«

Ich schaffte es kaum, sie anzusehen. »Wie hast du mich gefunden?«

»Übers Internet! Das ist billiger als ein Privatdetektiv.«

»Hast du Lust, nach der Arbeit was trinken zu gehen?« Ich fragte das nur, weil ich eine Pause brauchte und dringend an die frische Luft musste.

»Gern!« Mit dem Daumen wischte sie mir den Milchbart von der Oberlippe. »Heute richte ich mich in meiner neuen Wohnung ein. Und anschließend warte ich hier auf dich.«

»Gut.« Strahlend wie ein Honigkuchenpferd verließ ich die Bar, drückte die Tür zu meiner Firma auf und betrat den Lift. Kaum hatten sich die Türen geschlossen, ballte ich triumphierend die Faust und bewunderte mich im Spiegel.

Ich konnte mich nicht mehr daran erinnern, wann ich mich das letzte Mal so gut gefühlt hatte.

»Schatz, heute Abend wird es spät, ich habe ganz vergessen, dass ich noch eine Besprechung habe. Greta hat mich gerade darauf aufmerksam gemacht. Ich komme, sobald ich kann.«

»Gut. Dann bringe ich Matteo zur Logopädin.«

Ich spürte einen schmerzhaften Stich.

Doch ich ignorierte ihn und legte auf.

Den ganzen Tag über musste ich an Matteo denken und damit auch an Sandra und Alice. Schwer zu sagen, was ich dabei empfand. Irgendwie hatte ich das Bedürfnis, von Matteo zu erzählen – und sei es in einem Selbstgespräch. So als müsste ich mich auf ein Verhör vorbereiten.

Um Punkt sechs kam wie immer Greta in mein Büro, um mich an meine bevorstehenden Termine zu erinnern. Nur dass ich diesmal überhaupt nicht mitbekam, was sie sagte. Nachdem sie sich verabschiedet hatte, wartete ich noch ein paar Minuten, um nicht mit ihr das Gebäude zu verlassen. Dann stand ich auf.

Vor der Bar zögerte ich kurz. Eigentlich sollte ich jetzt nach Hause gehen. Noch hatte ich nichts verbrochen. Noch hatte ich keinen Fehler gemacht. Es war eigentlich ganz einfach. Aber würde ich anschließend auf diese Entscheidung stolz sein oder sie ein Leben lang bereuen? Ich musste Camilla wenigstens Bescheid geben, ihr erklären, warum ich nicht bleiben konnte – weder heute noch sonst irgendwann. Ich konnte ja sagen, wie sehr es mich gefreut habe, sie wiederzusehen, aber es ginge einfach nicht: Ich hätte zwei Kinder, Alice und Matteo. Würde sie sie kennen, würde sie mich sofort verstehen. Wahrscheinlich hätte sie dann gar nicht erst Kontakt zu mir aufgenommen. Nichts könnte meine Familie und mich auseinanderbringen.

Ich fragte mich, ob sie das als höfliche Geste oder nur als ungeschicktes Gestammel auffassen würde.

Ich fragte mich, wie lange ich mir eigentlich noch etwas vormachen wollte.

Die Wahrheit sah anders aus.

15.

»Ich bin durch ganz Europa getourt, habe knapp zwei Jahre in Berlin gelebt und dann drei in Madrid. Anschließend bin ich nach Paris zurückgekehrt, wo ich meine Karriere beendet habe. Ich bin gerade in Rente gegangen – mit fünfundvierzig! Aber in meiner Welt ist man in dem Alter nichts mehr wert. Und jetzt stehe ich hier, vor der großen Liebe meines Lebens. All die Jahre habe ich immer das Gefühl gehabt, etwas in der Schwebe gelassen zu haben – uns.«

»Du hast dich kaum verändert.«

»Quatsch, ich bin alt geworden!«

»Nein, du hast dich kaum verändert, besitzt immer noch dieselbe Anziehungskraft auf mich. Trotzdem muss ich jetzt gehen. Ich sollte gehen, bevor es zu spät ist.«

»Warte, ich möchte dir etwas zeigen!«

Es war wie verhext, noch immer stand ich in ihrem Bann. Nicht einmal eine Ehefrau und zwei entzückende Kinder konnten daran etwas ändern. Wieder schaffte es Camilla, mich an einen unbekannten Ort zu entführen – genau wie damals, als ich ihr das erste Mal beim Tanzen zugesehen und mich in sie verliebt hatte.

Wir legten höchstens fünfhundert Meter zurück und gingen durch ein kleines Tor. Dann nahmen wir die Treppe in den letzten Stock.

»Von nun an wohne ich hier.« Sie öffnete die Tür zu einer kleinen Dachwohnung. Für eine Zwanzigjährige wäre sie perfekt gewesen.

Als Nächstes kam sie auf mich zu und presste ihre Lippen auf meinen Mund. Schon waren wir wieder zwanzig.

»Ich habe unglaubliche, wunderschöne Erfahrungen gemacht. Aber das Wichtigste habe ich zurückgelassen. Bei jedem Erfolg, bei jedem Lächeln und bei jedem Applaus hat mir immer etwas gefehlt – du.«

»Aber du wolltest doch fort!«

»Ich war noch so jung, ein Mädchen, das sich zwischen seinem Lebenstraum und einer Teenagerliebe entscheiden musste. Hätte ich damals schon gewusst, dass ich dich nie vergessen und am Ende nur noch dich haben werde, wäre ich nicht fortgegangen.« Ich nahm all meinen Mut zusammen und schlang die Arme um sie. *Camilla lag in meinen Armen!* Sie roch und schmeckte noch genauso wie früher. Ich musste an sie und meine Mutter in unserer alten Küche denken. An unsere gemeinsamen Abendessen, unsere Ausflüge ans Meer. An ihren Ballettunterricht, unsere Schäferstündchen auf dem Autorücksitz und an unsere Lateinprüfungen.

Ich küsste sie, küsste sie immer wieder, bis ich ihre Zähne und ihre Zunge spürte.

Ein winziger Augenblick genügt, und schon haben wir etwas getan, das uns ein Leben lang verfolgen wird.

Sie drehte mir den Rücken zu, und ich vergrub mein Gesicht in ihren Locken. Ich küsste ihren Nacken, ihre Schultern und dann ihren Mund – wie lange, weiß ich nicht mehr.

In dieser winzigen Mansarde verlor ich jedes Zeitgefühl, und unsere Körper taten, was sie nicht lassen konnten.

»Camilla«, sagte ich im Dunkeln.

»Ja?«

»Ich muss gehen. Sandra und die Kinder warten auf mich.«

»Wie viele Kinder hast du denn?«

»Zwei. Alice ist fünfzehn und Matteo sieben.«

Sie sagte nichts darauf, und ich konnte ihr Gesicht nicht erkennen.

Ich zog mich an und ging.

So ist nun mal die Realität. Man kann nicht immer nur Champagner trinken. Stattdessen müssen wir einkaufen gehen, Steuern zahlen und versuchen, uns treu zu bleiben.

An diesem Abend kam ich später nach Hause als sonst. Matteo war schwer enttäuscht: Immer wieder hatte er seine Schwester und seine Mutter nach mir gefragt.

Bestimmt hatte Sandra ihm souverän erklärt, dass schon mal einer von uns fehlen könne. Trotzdem werde er nie alleine essen müssen. Wie immer, wenn gegen seine Rituale verstoßen wurde, war sie vor ihm in die Hocke gegangen, um dann Silbe für Silbe zu wiederholen: »Pa-pa ar-bei-tet noch, a-ber er wird bald hier sein!« Und das mindestens dreimal, gefolgt von Gebärdensprache.

Als Matteo merkte, dass ich nach Hause kam, rannte er mir entgegen und umarmte mich so fest, als hätte er mich eine Ewigkeit nicht gesehen und sich Riesensorgen gemacht. Bedrückt fragte ich mich, ob mein Sohn zum Ausgleich für seine Taubheit so etwas wie einen sechsten Sinn hatte.

Ich sah ihn forschend an. »Papa ist wieder da! Alles ist gut, mein Kleiner!« Und noch während ich das sagte, fühlte ich mich so richtig erbärmlich.

Was habe ich bloß getan? Ja, schlimmer noch, warum habe ich keine Sekunde überlegt, es zu lassen?

Camilla und ich planten unsere Treffen akribisch. Wir konnten uns zwar kaum beherrschen, trotzdem durfte meine Familie auf keinen Fall etwas merken.

Wenn man eine Affäre hat, lässt es sich nicht vermeiden zu lügen. Das geht gar nicht anders – schon allein, um den Partner zu schützen.

So viel zum Thema Lügen.

Wir trafen uns immer donnerstags in der Mittagspause, denn an diesem Tag musste sie nicht arbeiten. Und abends nach dem Büro, wenn ich weder Matteo noch Alice irgendwo abholen musste.

Oft war das nicht, aber dieses »Auftanken«, wie ich es nannte, tat mir so gut, dass ich wie ausgewechselt war. Meine Laune verbesserte sich sichtlich, und das blieb auch im Büro nicht unbemerkt.

»Das ist für Sie!« Greta legte mir eine Praline auf den Schreibtisch.

»Für mich? Warum denn das?«

»Weil Sie in letzter Zeit immer so nett sind und …« Ohne den Satz zu beenden, verließ sie den Raum.

Verblüfft sah ich ihr nach und wickelte die Praline aus.

Alberto, das ist Greta, deine Sekretärin. Komm bloß nicht auf komische Gedanken!

Ich konnte mir eine kleine erotische Phantasie trotzdem nicht verkneifen. Ich fühlte mich stark, ja unwiderstehlich. Zwanzig Jahre lang hatte ich mich ausschließlich auf Sandra, dann auf Sandra und Alice und schließlich auf Sandra, Alice und Matteo konzentriert.

Die Jahre mit Matteo waren wirklich nicht einfach gewesen. Keine Ahnung, wann ich das letzte Mal länger mit meiner Frau allein gewesen war. *Vielleicht sogar noch nie.*

Aber das stimmte natürlich nicht. Als ich sie kennenlernte, war Sandra die souveränste, selbstsicherste und intelligenteste Frau überhaupt. Sie trug atemberaubende Miniröcke, und ihre bestrumpfhosten Beine erregten mich sehr. In den ersten zwei Jahren unserer Ehe konnten wir ganze Wochenenden im Bett verbringen: Wir liebten uns, aßen etwas, schauten fern, liebten uns … Und das völlig maßlos, ohne jede Hemmung. Wir konnten vierzig Stunden lang dauerkuscheln.

Doch dann brachte Alice alles in eine chronologische und Matteo in eine alphabetische Reihenfolge.

Ich riss mich zusammen: Während die Kinder in der Schule waren und Sandra zu Hause saß, träumte ich vom Hintern meiner Sekretärin und trauerte den zärtlichen Stunden mit meiner Frau hinterher! Wütend über mich selbst beschloss ich, einen Kaffee trinken zu gehen.

16.

Unsere Liebe dauerte jetzt schon einen Monat. Doch streng genommen hatte sie nie aufgehört. Eine kindische, aber gleichzeitig erwachsene Leidenschaft hatte von uns Besitz ergriffen, eine überbordende, verspielte Lust am heimlich Verbotenen.

Immer wenn ich mit Camilla zusammen war, war ich wieder ihr schüchterner Banknachbar.

Schon als ich die Tür zur Bar aufgedrückt und sie das erste Mal abends getroffen hatte, hatten sich sämtliche Schuldgefühle sofort in Luft aufgelöst. Es war, als wäre sie nie fort gewesen, als wären wir wieder zwanzig. Und anstatt uns mit tausend Fragen zu bestürmen, hatten wir unsere Verlegenheit damit überspielt, dass wir zwei Gläser Rotwein bestellten.

Warum wurde alles andere unwichtig, wenn ich mit ihr zusammen war? Warum verblassten meine Frau und meine Kinder in ihrer Gegenwart bis zur Unkenntlichkeit? Ich wusste, dass das alles ein Riesenfehler war, trotzdem konnte ich es kaum erwarten, ihn zu begehen.

Ich und Camilla.

Camilla und ich.

An diesem Morgen hörte ich wie immer die Sendung mit DJ Davide, der das heikle Thema Scheidung anschnitt: Soll man nur wegen der Kinder zusammenbleiben? An der Ampel überlegte ich, wie ich diese Frage beantworten würde, und lauschte den Reaktionen der Hörer. DJ Davide las sämtliche SMS-Nachrichten vor, die er während der Sendung erhielt: lauter kleine Gedichte über die Liebesdramen Wildfremder. Und meine eigene Geschichte? Hätte ich die auch auf hundertsechzig Zeichen eindampfen können? Die anderen waren da offensichtlich geschickter als ich.

Am nächsten Tag hatte Camilla wieder frei. Deshalb wollten wir gemeinsam Mittag machen und ein paar Stunden in ihrem Apartment verbringen. Sie hatte ein Zimmer mit einem Futon, mit zwei kleinen Sesseln und einem Tisch. Dort hatten wir oft Sex.

»Ich habe die Wohnung möbliert gemietet«, sagte sie so gut wie jedes Mal, wenn wir uns dort trafen, um dann entschuldigend hinzuzufügen: »Denn alles, was ich brauche, passt in einen Koffer. Das habe ich auf meinen vielen Reisen gelernt.« Bei diesen Worten zwinkerte sie mir zu und sah noch hinreißender aus als sonst.

Sie hatte ein paar Kleinigkeiten angeschafft, um das Apartment etwas individueller zu gestalten: ein Bild von einer Felslandschaft, zwei Teetassen. Und ich hatte ihr eine kleine Stereoanlage geschenkt.

Ich liebte diesen Ort, weil er ausschließlich uns gehörte. Er symbolisierte das Singleleben, das ich nie gehabt hatte, aber noch mehr gefiel mir, dass niemand etwas davon wusste.

Unser Arrangement war einfach perfekt, schließlich ermöglichte es mir alles, wovon Männer so träumen: eine Familie *und* eine Geliebte. Schuldgefühle? Die meldeten sich dann, wenn ich es am wenigsten erwartete.

Das ist genau wie beim Fotografieren: Nur wenn man weiß, dass der Auslöser gedrückt wird, sieht man phantastisch aus.

Ich würde mir also um Punkt eins freinehmen, unsere Pause aber noch um einen erfundenen Zahnarztbesuch verlängern. Das war meine Lieblingsausrede, weil sie dafür sorgte, dass ich nur in wirklich dringenden Fällen gestört wurde. Da ich für den gesamten Vertrieb zuständig war, hätte mein Handy sonst andauernd geklingelt. Aber bei weit aufgerissenem Mund und kreischendem Bohrer kann man schlecht drangehen.

Um sieben nach eins öffnete Camilla die Tür zu ihrem wunderbaren Apartment – wohl wissend, dass ich strahlend davorstehen würde. Sie hatte etwas zu essen besorgt: Thunfisch-Tramezzini – einer meiner Lieblingssnacks –, Käse, getrocknete Tomaten, eine kleine Quiche mit Zucchini und

Schinken, Schokopudding und eine Dreihundertfünfundsiebzig-Milliliter-Flasche Arneis – genau die richtige Menge für zwei Gläser. Das Ganze wurde auf Plastiktellern serviert, die wir anschließend gemäß den Mülltrennungsvorschriften entsorgen würden. Das Befolgen solcher Regeln beschwichtigte unser schlechtes Gewissen, auch wenn wir das niemals zugegeben hätten.

»Ich liebe den Donnerstag! Beziehungsweise unsere donnerstägliche Mittagspause. Seit wir uns treffen, habe ich einen ganz anderen Rhythmus. Meine Woche beginnt freitags und endet mit dem einzig wahren Feiertag – mit Donnerstag!«

Camilla hatte gute Laune, und ich war glücklich. Mir ging es nicht anders: Die Wochenenden mit der Familie waren reine Pflichtübungen. Oft war es mir einfach nur lästig, mich um meine Frau und Kinder zu kümmern.

Ich musste Matteo bei den Hausaufgaben helfen, einen Familienausflug organisieren, mich über Alice und ihre Launen ärgern und Sandra zuhören, die weitere Aufträge für mich hatte. Es galt Besorgungen zu machen, die Garage aufzuräumen, die Schwiegereltern zu besuchen, Matteo zum Fußball und Alice zum Tennis zu bringen. An einem der beiden Tage kamen Freunde zum Abendessen, und der Skiurlaub war auch noch zu buchen. Pflichten über Pflichten, die mir die Luft zum Atmen nahmen.

Luft zum Atmen: Vor allem die fehlte mir zu Hause, nachdem ich Camilla wiedergetroffen hatte.

»Das kann ich gut verstehen, mein Schatz, am liebsten würde ich gar nicht mehr ins Büro zurückkehren und einfach bei dir bleiben.« Ich nahm ihre Hand und fuhr dann seufzend fort: »Wollen wir uns hinlegen? Ich möchte dich gern in den Arm nehmen.«

Während wir nebeneinanderlagen, träumten wir mal wieder laut davon, was wir alles machen würden, wenn die Umstände anders wären.

Was, wenn ich mich scheiden ließe? Oder noch besser: Was, wenn ich nie geheiratet hätte und wir beide immer noch jung und ungebunden wären?

»Denkst du auch manchmal darüber nach, was gewesen wäre, wenn du nicht fortgegangen wärst?«

»Nein, so war es nun mal. Ich konnte nicht bleiben, und wenn ich geblieben wäre, wäre ich heute eine andere. Gut möglich, dass ich dann später trotzdem fortgegangen wäre. Es bringt nichts, die Vergangenheit ändern zu wollen. Stattdessen sollten wir lieber unsere Zukunft planen. Aber vielleicht können wir uns ja anstrengen, so viel wir wollen, und das Schicksal hat längst für uns entschieden!«

»Du findest also, dass wir uns im richtigen Moment kennengelernt haben?«

»Vielleicht nicht im richtigen, aber im einzig möglichen.«

Seufzend überlegte ich, ob sie recht hatte. Ob wir uns nur dann nicht unvollständig fühlen würden, wenn wir uns gar nicht erst begegnet wären.

Camilla schmiegte sich an meine Brust, und ich zog sie sanft an mich.

»Es ist gut, wie es ist«, sagte ich.

Obwohl wir hier alles Mögliche sein konnten, blieben wir uns treu, blieben ein ineinander verschlungenes, heimliches Liebespaar.

Wir hinterließen keine Spuren. Wir riefen uns so gut wie nie an, löschten jede SMS, nachdem wir sie gelesen hatten, und übten uns ansonsten in Geduld.

Die wichtigste Regel lautete, dass nichts aus dieser Wohnung nach außen dringen durfte.

Nicht das Geringste.

Sätze, Worte, Quittungen, Kritzeleien, Träumereien – sämtliche Liebesbeweise wurden in einer alten Teekiste aufbewahrt. Um Platz für sie zu schaffen, hatte Camilla extra die Trennfächer für die Beutel entfernt.

Keiner von uns will ein normales Leben führen. Wir haben große Ansprüche und sind unglaublich optimistisch. Wir träumen von starken, gesunden Kindern und entwerfen gemütliche, lichtdurchflutete Häuser. Wir glauben an einen einzigartigen Lebensweg und haben hohe Zukunftserwartungen. Doch kaum ziehen wir Bilanz, können wir froh sein, dass wir uns überhaupt noch auf den Beinen halten können.

Der Wecker klingelte, und wir schraken hoch. In seltenen Fällen gelang es uns sogar, Zeit im selben Zimmer, ja im selben Bett zu verbringen, ohne übereinander herzufallen wie die Tiere. Und das war eines dieser Male. Camilla war in meinen Armen eingeschlafen, und ich war ebenfalls weggedämmert, hatte alles vergessen, was sich außerhalb dieses Zimmers befand.

»Mist, wie spät ist es?«, fragte ich, stützte mich nervös auf und überschlug kurz, was mich im Büro erwartete. Als mir klar wurde, dass keine Besprechung anstand, war ich beruhigt.

»Viertel nach drei.«

»Und, was machst du jetzt noch?«

»Ich habe in einer Dreiviertelstunde Unterricht, zwei Rentnerehepaare wollen Tango lernen, und leider haben sie nur donnerstags Zeit. Das war's dann wohl mit meinem freien Tag! Aber vor vier nehme ich keine Schüler an, versprochen!« Sie zwinkerte mir verschwörerisch zu.

Ich zog mich an und spritzte mir Wasser ins Gesicht. Vor dem Badezimmerspiegel ließ ich mir von Camilla die Krawatte zurechtrücken. »So, jetzt siehst du perfekt aus!« Ich umarmte sie so fest, dass ich sie beinahe erdrückte.

»Ich liebe dich.«

»Ich dich auch.«

»Sehen wir uns am Montag auf einen Morgenkaffee?«

»Natürlich! Denkst du dieses Wochenende auch mal an mich?«

»Ich werde an nichts anderes denken. Du fehlst mir jetzt schon.«

»Du mir auch. Ich komme fast um vor Sehnsucht.«

»Bitte nicht! Am Montag will ich dich wieder in alter Frische sehen!«

17.

Es war Sonntag, ich hatte Geburtstag, und meine Affäre mit Camilla wurde genau zwei Monate alt.

Ich weiß nicht, ob ich schon wach war, vielleicht lag ich noch im Dämmerschlaf, als ich ein Flüstern hörte.

Meine Frau und die Kinder standen kichernd in der Tür. Matteo hatte eine kleine Torte mit einer brennenden Kerze in der Hand, und ehe ich richtig begriff, was los war, sangen Sandra und Alice laut und falsch *Zum Geburtstag viel Glück*, während Matteo strahlend auf mich zumarschierte und aufpasste, dass die Flamme nicht ausging.

Das war meine Familie. Ich setzte mich auf und blies die Kerze aus.

»Alles Gute zum Geburtstag, Papa!«, sagte Matteo mit seiner belegten Stimme, und ich verstand jedes Wort. Mein Herz schlug einen Purzelbaum.

»Danke, mein Schatz.«

Alice sprang aufs Bett und umarmte mich stürmisch. »Glückwunsch, alter Herr!«

»Wie bitte? Wer ist hier ein alter Herr?«

»Du! Wir haben beschlossen, nur eine Kerze in den Kuchen zu stecken, sonst hätten wir eine Riesentorte backen müssen.« Sie achtete darauf, jede Silbe genau auszusprechen, und wandte sich ihrem Bruder zu, damit er ihr von den Lippen lesen konnte.

Matteo musste lachen und schmiegte sich an mich.

Beim Schlachtruf »Ku-chen!« holte Sandra Teller, Gabeln und Servietten. Sie setzte sich zu uns aufs Bett und vervollständigte die Runde um meine Geburtstagstorte. Wenn man so wollte, bildeten wir eine perfekte geometrische Figur.

Nach Matteos Diagnose hatte Sandra das Übersetzen aufgegeben, um sich voll und ganz ihrem Sohn zu widmen. In dieser Zeit kannte sie nur ein Ziel: seine Verständigungslücken zu schließen und dafür zu sorgen, dass er eine unbeschwerte Kindheit hatte. Als ich ihn so auf dem Bett sitzen, ein Stück Kuchen essen und mit seiner Mutter und Schwester lachen sah, begriff ich, dass sie es geschafft hatte.

Hörgeschädigte Kinder neigen dazu, trotzig und aggressiv zu sein. Das ist eine ganz natürliche Reaktion auf den Frust, sich nicht ausdrücken und verständlich machen zu können. Doch Matteo war ein liebenswertes, einfühlsames Kind. Er lächelte oft, beherrschte die Gebärdensprache, konnte von den Lippen lesen und machte weiterhin Logopädie – dank seiner Mutter und Schwester auch noch zu Hause. Das eröffnete ihm gleich mehrere Verständigungsmöglichkeiten.

Nachdem der Kuchen aufgegessen war, stellte Sandra die Teller auf die Kommode. Ali packte ihren Bruder an den Füßen und zog ihn zu sich her. Matteo kicherte heiser und hielt seine kostbaren Hörgeräte fest. Als ich sah, wie seine Schwester ihn kitzelte und er sich lachend wand, begriff ich, dass ich ihn genau so liebte, wie er war.

Noch während Sandra und die Kinder den Raum verließen und auch ich die Füße aus dem Bett schwang, schwor ich mir, die Beziehung zu Camilla zu beenden.

Wir sind es gewohnt, immer nur eine Seite des Mondes zu sehen, und das gilt auch fürs Leben allgemein. Wir sehen immer nur ein Stück davon und verwechseln es mit dem Ganzen. In Bezug auf uns bedeutet das, dass andere nicht mehr wissen dürfen als wir. Ist das dennoch der Fall, und wir bemerken es, ist unser Mond dem Untergang geweiht.

»Warum?«

»Weil es falsch ist!«

»Aber bisher haben wir es doch auch geschafft, uns zu treffen, ohne irgendjemandem groß wehzutun. Glaubst du etwa, für mich ist das leicht?«

»Nein, aber …«

»Bist du dir wirklich sicher?«

»Nein, Camilla, natürlich nicht. Ich muss ständig an dich denken, zähle die Minuten bis zu unserem nächsten Treffen, und kaum ist es dann so weit, ist es auch schon wieder vorbei. Aber meine Familie ist auch noch da, und wenn ich etwas auf gar keinen Fall will, dann sie verletzen!«

»Ich liebe dich, und ich will nicht ohne dich leben.«

»Camilla, ich liebe dich auch!« Meine Gefühle überwältigten mich dermaßen, dass ich den Kopf abwenden musste.

Sie hob mein Kinn. »Alberto, triff keine übereilten Entscheidungen. Gib uns noch etwas Zeit. Ich bin mir sicher, wir kriegen das hin.«

»Aber wie sollen wir das hinkriegen? Wir haben keine gemeinsame Zukunft, und daran wird sich nichts ändern. Ich werde meine Familie nie verlassen.«

Zumindest in diesem Punkt war ich mir ganz sicher.

Camilla zuckte zusammen, als hätte ich sie geohrfeigt.

Da sagte ich: »Mein Sohn Matteo ist taub!«

Zum ersten Mal erzählte ich ihr, was mit Matteo los war.

Sofort änderte sich ihr Gesichtsausdruck. »O Gott, das tut mir wirklich leid, warum hast du mir das nicht schon früher gesagt?«

»Keine Ahnung, vielleicht weil es ganz normal für mich ist. Ich habe dir schließlich auch nicht gesagt, dass Alice ausgezeichnet hört.«

»Das ist doch nicht dasselbe!«

»Nein, du hast recht, beide Kinder sind einzigartig – ein jedes auf seine Art.«

»Ist er von Geburt an taub?«

»Vermutlich schon. Anfangs hieß es, er wäre ein schwerer Fall und müsste unbedingt operiert werden. Das wäre unsere einzige Hoffnung. Damals standen wir vor der schwersten Entscheidung unseres Lebens. Man weiß schließlich nie, ob die anderen wirklich das Beste für dein Kind wollen oder bloß eigene Interessen verfolgen. Aber das Schlimmste ist, dass man selbst auch nicht weiß, was das Beste ist. Die Diagnose hat uns völlig überrumpelt. Die Ärzte sollten einen behutsam mit dem Gedanken vertraut machen. Zum Beispiel indem sie sagen, dass das Kind ertauben wird, und nicht, dass es bereits taub ist! Dann hätte man ausreichend Zeit, sich zu informieren, zu recherchieren, verschiedene Meinungen einzuholen, ja sich selbst ein Bild zu machen. Stattdessen steht man im Krankenhaus, hängt an den Lippen der sogenannten Experten und hat einfach nur schreckliche Angst.« Ich lächelte wehmütig. »Es war Sandra, die die Nerven behalten hat. Ausgerechnet sie, die am meisten Angst hatte!«

Camilla strich zärtlich über meine Hand und forderte mich auf weiterzureden.

»Nach der Diagnose war auf einmal alles anders. Wir sind durch die Hölle gegangen, waren völlig hilflos. Gleichzeitig waren da zwei Kinder, die uns brauchten. Wir haben beschlossen, Matteo vorerst nicht operieren zu lassen. Danach kam die Sorge um die Hörgeräte. Man weiß schließlich nie, ob sie richtig eingestellt sind. Ob sie überhaupt funktionieren. Wir haben plötzliche Geräusche gemacht und Matteos Reaktion beobachtet. Wir haben hinter seinem Rücken den Fernseher eingeschaltet, mehrmals hintereinander geklingelt, mit Topfdeckeln geklappert und das Radio aufgedreht. Nachdem es mit der friedlichen Stille vorbei war, haben wir auf jede Haltungsänderung, jeden Wimpernschlag, jedes Lächeln und jede Bewegung geachtet. Außerdem sind wir von einem Spezialisten zum anderen gerannt und wurden immer mutloser und deprimierter. ›Mein Sohn ist kein kaputter Gegenstand, den man bloß reparieren muss!‹, hat Sandra einen Audiologen angeschrien, der uns Vorwürfe machte, weil wir Matteo nicht operieren lassen wollten. Anschließend hat sie sich weinend mit unserem Sohn ins Auto geflüchtet. Als ich nachkam, saß Matteo schlafend im Kindersitz, während sie den Kopf aufs Lenkrad gelegt hatte und hemmungslos schluchzte. Sie hatte sogar die Kindersicherung aktiviert, um sich in Ruhe ausweinen zu können.«

Camilla holte zwei Gläser, füllte sie mit Wasser und gab mir eines davon. »Hier, erzähl weiter!«

»Was soll ich schon erzählen? Dass wir bei zig Logopäden waren? Es reicht nämlich nicht, dass jemand was kann. Er muss auch zu dir passen. Aber um herauszufinden, ob es passt, musst du viel Zeit investieren, ihm einen Vertrauensvorschuss geben. Oft stellt sich dann heraus, dass alles umsonst war, zumal das Kind noch klein ist und sich nicht ausdrücken kann. Dann musst du wieder von vorne anfangen. In solchen Momenten fragst du dich, woher du bloß die Kraft dafür nehmen sollst. Du musst sie irgendwo anders einsparen, aber wo? Bei deiner Arbeit, bei deiner Ehefrau oder, schlimmer noch: bei deinem ersten Kind? Und die ganze Zeit über ist niemand da, der deine Fragen beantworten kann. Unsere Tochter ist inzwischen groß, und irgendwie war sie das schon immer: Sie war es auch, die uns dazu gebracht hat, die Gebärdensprache zu lernen. Eines Tages kam sie wie von der Tarantel gestochen aus der Schule. Wir wussten nicht, ob sie nur aufgeregt oder wütend war. Bis sich herausstellte, dass sie in der Schule gerade das Gehörlosenalphabet durchgenommen hatte. ›Warum benutzen wir das nicht?‹, hatte sie gefragt. ›Es gibt eine ganze Sprache, die über Gesten funktioniert. Sie wird von Gehörlosen und ihren Angehörigen verwendet.‹ Natürlich hatten wir nichts dagegen, dass Matteo sich mithilfe von Gebärden verständigte. Aber wir wollten auch, dass er sprechen lernte. Der Spezialist, der ihn nach unserer Flucht aus dem Krankenhaus betreut hat, hat uns von der Gebärdensprache abgeraten. Angeblich demotiviere sie unseren Sohn. Die besten Ergebnisse erziele man durch Logopädie. Und Matteos Fortschritte gaben ihm recht. Aber Alice hatte sich in den Kopf gesetzt, dass sie sich noch verbessern ließen: ›Er kann doch zweisprachig sein! Und wir auch! Dann können wir ihm bestimmte Begriffe viel besser erklären. Wir können es doch wenigstens mal probieren. Ich habe gelesen, dass Gehörlose, die die Gebärdensprache können, besser und früher sprechen lernen als solche, die sie nicht beherrschen.‹ Also haben wir uns zu viert für einen Kurs angemeldet. Jetzt verwenden wir beide Methoden. Wir sprechen jedes Wort Silbe für Silbe aus und gebärden es anschließend. Alice hat recht gehabt. Matteo kann sich viel besser ausdrücken, auch uns gegenüber.«

»Das muss ein ganz liebes Mädchen sein.«

»Ja, aber nur zu ihrem Bruder! Anderen gegenüber ist sie sehr misstrauisch. Sie tut alles für ihn, beinahe so, als wäre er *ihr* Sohn. Die beiden sind unzertrennlich, sie spielt mit ihm, hilft ihm bei den Hausaufgaben und passt jeden Dienstagnachmittag auf ihn auf. Nicht einmal bei einem Leibwächter wäre Matteo besser aufgehoben!« Ich lächelte.

»Du hast Glück. Du hast zwei phantastische Kinder.«

»Ohne Sandra wäre das alles nicht gegangen. Sie hat wahre Wunder bewirkt. Das Leben hat uns Steine in den Weg gelegt, mit denen wir nie gerechnet hätten. Und mit denen nimmt sie es Tag für Tag auf, ohne sich zu schonen. Wenn unsere Kinder phantastisch sind, dann nur ihretwegen. Manchmal beobachte ich sie heimlich. Vielleicht hat sie sich ihr Leben auch anders vorgestellt. Vielleicht bin ich längst nicht mehr ihr Traummann. Vielleicht möchte *sie* manchmal einfach sämtliche Geräusche ausblenden, eine Reise machen oder mit ihren Freundinnen ausgehen. Aber sie verzichtet darauf, weil Matteo um Punkt acht mit uns zu Abend essen will. Hätte sie mir nicht alles so geduldig erklärt, würde ich meinen Sohn heute noch nicht richtig kennen. Nicht die Kinder haben uns zusammengehalten, sondern sie. Hätte sie sich von den Problemen überrollen lassen, würde es uns längst nicht mehr geben. Deshalb kann ich einfach nicht mehr so weitermachen. Ich muss es wenigstens versuchen, meiner Familie zuliebe. Es tut mir leid.«

Camilla ließ den Kopf hängen, strich mir sanft über den Arm und nahm anschließend ihre Hand weg.

Ich hatte beschlossen, sie nicht mehr zu sehen. Das war ich meiner Familie schuldig, denn sie war das Wichtigste. Es ging einfach nicht anders. Trotzdem fühlte sich diese Trennung erneut an wie eine Amputation. Ich wusste zwar, wie es war, sie zu verlieren. Aber nicht, was es bedeutete, sie ein zweites Mal zu verlieren.

Wir behalten gern die Kontrolle, denn das gibt uns Sicherheit und ein Gefühl der Unverwundbarkeit. Aber was können wir schon groß kontrollieren? Wir bekommen Gänsehaut, wenn uns kalt ist, Hunger, wenn wir etwas zu essen sehen, und hochrote Wangen, wenn wir uns schämen. Wir verlieben uns, ohne es zu wollen, und verletzen die, die es am wenigsten verdienen. Schon daran kann man sehen, wie schwer es uns wirklich fällt, Kontrolle auszuüben.

18.

Es liegt in unserer Natur, andere zu verurteilen. Wir sagen Sätze wie: »Ich will ja niemanden verurteilen, aber …« Oder: »Es steht mir nicht zu, das zu beurteilen, aber …« Und darauf folgt unweigerlich ein Urteil. Übersieht uns jemand, finden wir ihn unhöflich. Ertappen wir jemanden beim Fremdgehen, glauben wir die Gründe zu kennen. Ist derjenige auch noch glücklich, prophezeien wir ihm, dass sein Glück nicht von Dauer sein wird. Aber vielleicht sollten wir uns zur Abwechslung mal wieder selbst den Spiegel vorhalten? Denn dann werden wir sehen, dass wir gar nicht so anders sind.

Ich brauchte vierundzwanzig Stunden, um zu begreifen, dass ich das nicht lange durchhalten würde. Kaum hatte ich mir eingestanden, dass ich Camilla wiedersehen musste, ging es mir deutlich besser.

Nach zehn Tagen konnte ich nicht mehr. Ich dachte jede freie Minute an sie und die Leere, die sie zurückgelassen hatte. Dieselbe Leere wie damals, in der ich mich zwar irgendwie eingerichtet hatte, allerdings ohne sie jemals auszufüllen. All meine schlechten Eigenschaften, Unsicherheiten, Zweifel und Depressionen waren nur darauf zurückzuführen, dass Camilla mir fehlte. Das war schon immer so gewesen.

Es war Donnerstagmorgen, und mein treuer Reisegefährte aus dem Radio amüsierte mich mit dem Vorschlag, einfach abzuhauen. *»Wie viel Mut gehört dazu, alles aufzugeben und im Ausland ein neues Leben anzufangen? Wer von euch, liebe Hörer, würde am liebsten aussteigen und irgendwo in der Karibik eine Strandbar aufmachen? Und wenn ja, wovor lauft ihr davon?«*

Ich machte den Motor aus und ging zur Arbeit, tat so, als ginge mich das nicht das Geringste an.

Kurz darauf verließ ich das Büro und stürmte ohne Jackett auf die Straße. Ich kannte nur eine Richtung, nur ein Ziel. Dass mich vielleicht jemand sehen oder bei der Arbeit vermissen, ja dass sie vielleicht Besuch haben könnte, kam mir gar nicht in den Sinn.

»Ich liebe dich.«

»Alberto!« Camilla sah mich verblüfft an. Sie hatte die Haare zurückgebunden und war voller Farbe. »Ich streiche gerade die Wohnung, um mich abzulenken.«

»Hast du gehört, was ich gesagt habe, Camilla? Ich liebe dich, seit ich dich das erste Mal gesehen habe. Was soll ich nur tun? Eigentlich müsste ich dich dafür hassen, dass du einfach gegangen und wieder zurückgekommen bist. Nur um alles kaputt zu machen, was ich mir in der Zwischenzeit aufgebaut habe. Aber ich hasse dich nicht. Ich hasse mich selbst, weil ich es einfach nicht schaffe, dich fortzuschicken. Weil ich den Gedanken nicht loswerde, dass ich dir hätte nachreisen müssen. Aber stattdessen bin ich Vater geworden und habe eine Frau, die nicht im Traum darauf käme, den falschen Mann geheiratet zu haben. Am liebsten würde ich gleich zu ihr gehen und ihr alles beichten. Aber das geht nicht, denn damit würde ich nicht nur sie umbringen, sondern auch den Mann, für den ich mich immer ausgegeben habe. Und der ist deutlich besser als ich. Ich komme mir nämlich vor wie das letzte Arschloch.« Die Worte sprudelten nur so aus mir heraus, und ich bekam kaum noch Luft.

»Alberto, bitte beruhige dich!«

»Wie soll ich mich denn beruhigen? Ich kann meine Familie nicht verlassen, möchte dich aber auf keinen Fall verlieren. Du musst es tun! Du musst wieder fortgehen. Du kannst unmöglich hierbleiben, nicht in dieser Stadt, wo ich dir jederzeit über den Weg laufen kann. Du musst wieder zu einer bloßen Erinnerung verblassen, darfst nicht so real bleiben, das darfst du einfach nicht!«

Camilla streckte die Hand nach mir aus. »Ich liebe dich auch, Alberto. Mir geht es sogar noch schlechter als dir, denn vor eine falsche Entscheidung gestellt zu werden ist nicht so schlimm, wie sie selbst zu treffen.«

Ich schaute ihr in die Augen, und es zerriss mir schier das Herz, als sie sagte: »Ich hätte nie fortgehen dürfen. Mein Traum vom Ballett, der viele Applaus – nichts davon kann deine Worte und Küsse aufwiegen. Du bist einfach durch nichts zu ersetzen. Aber wenn du wirklich willst, dass ich fortgehe, werde ich es tun!«

»Nein, bleib, ich flehe dich an!« Mit diesen Worten zog ich sie an mich und schaffte es, das Schlimmste gerade noch mal zu verhindern.

Wir können einfach nicht Nein sagen. Wenn uns etwas gefällt oder begeistert, sagen wir selten: »Jetzt ist es genug.« Geld, Essen, Alkohol und Drogen machen euphorisch. Liebe macht abhängig.

Am liebsten wäre ich geblieben. In dieser winzigen Wohnung, in der mir nichts gehörte und in der mich nichts an mein anderes Leben erinnerte. Wollte ich das Unmögliche? Und war es wirklich so schlimm, sich zu wünschen, dass die Zeit stehen blieb und der Tag mit der Geliebten nie zu Ende ging? Schwer zu sagen.

Kurz darauf rief ich Greta an und behauptete, es gebe ein Problem mit den Kindern. Ich werde erst spät zurückkommen, sie könne bereits nach Hause gehen. Dann griff ich zum Pinsel und half Camilla, die Mansarde zu streichen.

Als ich abends allein im Auto saß, dachte ich an all das, was ich gern mit Camilla getan hätte: übers Wochenende wegfahren, in einem romantischen Lokal zu Abend essen, ans

Meer fahren – dorthin, wo wir uns das erste Mal geküsst hatten. Dann dachte ich mir Ausreden für Sandra und Greta aus, als handelte es sich um ein rein organisatorisches Problem.

»Ich habe keinen Appetit. Ich geh unter die Dusche und dann ins Bett. Ich habe solche Kopfschmerzen, dass ich mich kaum noch auf den Beinen halten kann.« Das sagte ich zu Sandra, ohne ein einziges Wort der Begrüßung.

Sie sah mich forschend an. »Bist du sicher? Wenn du willst, koche ich dir was. Hast du Fieber?«

»Nein, ich bin einfach nur erschöpft. Ich hatte einen anstrengenden Tag. Sagst du den Kindern Bescheid?« Ich wich ihrem Blick aus.

»Alberto!«

»Ja?«

»Du bist voller Farbe.«

»Wo denn?« Ich schindete Zeit, um nach einer Ausrede suchen zu können.

»Da, in deinen Haaren.« Sandra zeigte auf Farbspritzer, die ich übersehen hatte.

»Ach ja, heute wurde im Büro renoviert. Auch deshalb bin ich so kaputt, die Handwerker haben einen Höllenlärm veranstaltet. Am besten, ich geh ins Bad!« Zufrieden über meine Schlagfertigkeit, ließ ich Sandra in der Küche stehen.

Ich log von Tag zu Tag besser und fand es mit der Zeit immer weniger schlimm.

Gefühle stören. Wer ein Problem lösen will, lässt sie am besten außen vor. Wichtige Entscheidungen und Veränderungen sollten mit chirurgischer Präzision angegangen werden: Je zynischer und abgebrühter man ist, desto leichter fällt es, das

Skalpell anzusetzen. Alles andere muss warten, bis die Operation beendet ist.

Die Zeit verging, und Camilla lebte sich so langsam wieder ein. Ihre Wohnung wirkte längst nicht mehr so improvisiert und bekam eine persönliche Note. Obwohl sie nach wie vor nur eine winzige Mansarde war, liebte ich sie.

»Eine Kollegin hat mich übers Wochenende aufs Land eingeladen. Wir wollen grillen.«

Camilla außerhalb dieser Wohnung. Camilla in Gesellschaft. Camilla mit einem anderen Mann. Wann war ich das letzte Mal so eifersüchtig gewesen?

Ich musterte sie schweigend, während sie mir etwas aus dem Bereich ihres Lebens erzählte, über den ich mir nie Gedanken gemacht hatte.

Es gab nicht nur Alice, Matteo und Sandra. Auch Camilla hatte noch zu anderen Menschen Kontakte.

Am liebsten hätte ich sie daran gehindert. Aber wie? Und vor allem: mit welchem Recht? Ich war ein verheirateter Mann, der nur wenig Zeit für sie hatte und sie in einen Käfig zwang, den sie tapfer akzeptierte. Aber auch ihr Leben ging weiter. Bestimmt versuchte sie, Freunde zu finden, was ihr nicht weiter schwerfallen dürfte.

Um nicht so viel allein zu sein? Oder weil sie bereits mit dem Gedanken spielte, mich zu verlassen?

Meine Laune verschlechterte sich zunehmend, doch Camilla schien nichts davon zu bemerken. Ich fühlte mich überrumpelt und brach bald auf. Ich musste dringend allein sein.

Ich kehrte ins Büro zurück, ging Greta aus dem Weg und setzte mich an meinen Schreibtisch.

Kurz darauf griff ich zum Telefon und rief Camilla an.
»Pack deinen Koffer.«
»Warum?«
»Weil wir übers Wochenende wegfahren werden.«
»Wieso? Wohin? Aber ich bin doch schon verabredet!«
»Sag ab. Meine Frau fährt mit den Kindern zu ihrer Tante, und das sollten wir ausnutzen«, log ich. »Was meinst du, wollen wir zu den Thermen fahren?«
»Super!«, erwiderte sie und besiegelte damit das Chaos, in das ich mich selbst hineinmanövriert hatte.

Ich ließ mir von Greta ein Zimmer in dem Hotel reservieren, in dem sie vor einiger Zeit mit ihrem Freund abgestiegen war, und bat um höchste Diskretion, da ich meine Frau damit überraschen wolle. Dann stürmte ich hinaus und kaufte mir eine Badehose, die ich im Auto deponierte.

Die Wahrheit ist schmerzhaft, deshalb denken wir uns Lügengeschichten aus. Sind wir nicht schlagfertig genug, leugnen wir alles, und sei es noch so offensichtlich. Wir leugnen unsere Ängste, unseren Wunsch nach Anerkennung, unsere wie auch immer gearteten Sehnsüchte und die Furcht zu scheitern. Nicht, um etwas dazuzugewinnen, sondern um sicherzustellen, dass alles so bleibt, wie es ist. Um die Illusion zu wahren, dass sich nichts geändert hat. Wir lügen und lügen, bis wir die Wahrheit selbst gar nicht mehr sehen – nicht mal, wenn unser Lügengebäude in sich zusammenbricht und wir der Realität ins Auge schauen. Die Lügen werden uns zum Gefängnis.

Bevor ich nach Hause fuhr, stellte ich den Rückspiegel so ein, dass ich mich darin sehen konnte. Dann räusperte ich mich und sagte so normal wie möglich: »Ich muss übers Wochenende geschäftlich verreisen.« Sehr überzeugend klang das nicht.

Ich versuchte es erneut: »Schatz, du weißt, dass ich dieses Wochenende nicht da bin?«

Ich ließ den Kopf gegen die Lehne sinken und musterte mich weiterhin. Etwas war anders. Das einzige Spiegelbild, das ich präsent hatte, war das im Bad, wo ich selten allein war. Entweder half ich Matteo beim Zähneputzen oder stritt mich mit Alice, weil sie sich für ihr Alter zu stark schminkte. Vor Jahren hatte ich meine Frau noch vor dem Badezimmerspiegel umarmt, wenn sie sich das Gesicht wusch, und geküsst.

Jetzt sah ich nur mich.

Das war anders: Etwas fehlte.

In der Küche traf ich Sandra und meine Schwiegermutter, die mir einen Kuss gab, sich von den Kindern verabschiedete und nach Hause ging. Ich nutzte die Gelegenheit: »Schatz, leider muss ich am Samstag zu unserer Niederlassung in Rom – ein paar Kunden treffen.« Ich versuchte, dem fragenden Blick meiner Frau standzuhalten, und fuhr fort: »Es gibt ein paar dringende Probleme, und wenn ich nicht selbst fahre, lösen wir die nie.«

»Kommst du am selben Tag zurück?«, fragte sie, als wäre das gar nichts Besonderes.

»Nein, ich führe die Leute zum Essen aus und übernachte anschließend dort.« Ich merkte, dass meine Stimme so einen seltsamen Klang bekommen hatte und dass ich außerdem viel zu schnell sprach. Wie jemand, der etwas zu verbergen hat. Ich gab überflüssige Erklärungen ab und nannte ungefragt Details: »Ich werde ziemlich früh aufbrechen müssen. Erst steht eine Mitarbeiterbesprechung an, dann laden wir die Kunden zum Abendessen ein, und am Sonntag fahre ich dann gemütlich zurück.« Das Herz schlug mir dermaßen laut in der Brust, dass Sandra es bestimmt hören konnte.

»Gut«, sagte sie und wandte sich wieder zum Herd.

Hatte ich es tatsächlich geschafft?

»Alberto …«

Erschreckt wirbelte ich herum.

»Ruf die Kinder. Das Essen ist fertig!« Ihr Blick ging mir durch Mark und Bein.

Ich eilte davon und verbarrikadierte mich im Wohnzimmer, bis ich mich wieder beruhigt hatte.

Das Wochenende war phantastisch, das heißt, soweit es die Umstände zuließen. Um meine Lügen glaubhafter zu machen, stand ich schon im Morgengrauen auf. Ich zog mich im Dunkeln an und weckte Sandra, um mich von ihr zu verabschieden. Ich hatte schon überlegt, lautlos zu verschwinden, aber dann hätte sie mich gleich nach dem Aufwachen angerufen. Und eines wollte ich ganz bestimmt nicht, nämlich mit ihr telefonieren, während Camilla neben mir saß.

»Guten Morgen. Die Sonne geht gerade auf, und ich fahre jetzt los. Ich melde mich später.«

Ich dachte über die Bedeutung des Wortes »später« nach. Was hieß das genau? Früher hätte ich sie gleich von der ersten Raststätte aus angerufen, so gegen zehn. Um diese Uhrzeit konnte ich davon ausgehen, dass ich nicht störte und sie den Hörer an die Kinder reichen würde, die an ihrem freien Tag bestimmt gerade erst frühstückten.

Ich beschloss, es auch diesmal so zu halten. Unter dem Vorwand, einen Espresso trinken und auf die Toilette gehen zu wollen, hielt ich mitten im Gestank nach Ammoniak und noch Schlimmerem die Luft an und rief zu Hause an. Dabei überfiel ich meine Frau regelrecht mit Fragen. »Sind die Kinder schon wach? Habt ihr gefrühstückt? Wie sind eure Pläne? Geht ihr heute Mittag zu deiner Mutter?« Nur um zu vermeiden, dass *sie* Fragen stellte.

Ich beendete das Gespräch, steckte das Handy in die Hosentasche, zog es wieder hervor, um zu kontrollieren, ob die Verbindung auch wirklich unterbrochen war, und schaltete die Tastensperre ein.

Es kam schließlich oft genug vor, dass Affären durch dumme, unbeabsichtigte Telefonate aufflogen.

Dann kehrte ich zu Camilla zurück, die im Auto auf mich gewartet hatte, und begann, mich endlich zu entspannen.

Die ganze Fahrt über hielt ich ihre Hand, und es war einfach herrlich. Der Mann an der Rezeption strahlte uns an und nannte Camilla »Signora Mainardi«. Fast hätte ich ihn verbessert, doch dann genoss ich die Situation.

Wir gingen Arm in Arm spazieren und hielten Händchen. Wie lange hatte ich das schon nicht mehr getan! Wir schlenderten ziellos durch die Gegend, suchten nach lauschigen Ecken für Erinnerungsfotos, die wir allerdings gleich wieder löschen mussten.

Wir aßen in einem kleinen Lokal mit nur vier Tischen zu Abend. Es war romantisch und diskret.

Aber wir waren keine x-beliebigen Touristen, sondern ein heimliches Liebespaar, und als solches waren unsere Stunden gezählt. Ich wusste, dass sie viel zu intelligent war, um das noch lange mitzumachen. *Wir* – das war nichts als ein Haufen Lügen, der früher oder später in sich zusammenfallen würde. Aber noch war es nicht so weit.

Ich und Camilla.

Camilla und ich.

Ich stand auf und verließ den Raum, um zu Hause anzurufen. Und dieser Riss, durch den das wahre Leben in unseren Kokon eindrang, ernüchterte mich.

Wir liebten uns ausgiebig, schliefen nackt Arm in Arm ein. Am nächsten Morgen wurde ich davon wach, dass ich fror. Sanft strich ich Camilla die Haare aus dem Gesicht und deckte sie bis zum Kinn zu. Ich musterte sie im Halbdunkel. Ihre ruhige Atmung, ihr perfektes Profil und ihre unbekümmerte Ausstrahlung gaben mir einen Stich. Das hier war falsch. Was ich hier tat, war furchtbar.

Ich war einfach nur feige, alles andere waren Ausreden.

Als Camilla die Augen aufschlug, war ich wie immer so hypnotisiert, dass ich mich wieder beruhigte.

Alles fühlte sich richtig an in diesem unwirklichen Leben. Und falsch im wirklichen.

Auf der Heimfahrt war mir hundeelend zumute. Camilla sagte kein einziges Wort. Ob sie bereits plante, mich zu verlassen?

Ich wäre so gern anders gewesen! Besser oder schlechter. Ein Mann, der es schaffte, um seine Familie zu kämpfen. Oder ein Arschloch, das keine Probleme damit hatte, Frau und Kindern das Herz zu brechen. Aber ich war weder das eine noch das andere, weder Fisch noch Fleisch. Ich fand mich einfach nur widerlich.

»Ich würde es gern schaffen, ohne dich zu leben«, sagte Camilla beim Abschied.

Und ich fühlte mich wie ein Ertrinkender.

Kurz vor dem Abendessen kam ich nach Hause. Alles war so wie immer. Sandra saß auf dem Sofa und las, die Kinder waren in ihrem Zimmer. Am liebsten hätte ich mich im Bad eingeschlossen und ganz heiß geduscht.

»Wie war's?«, fragte meine Frau und stand auf.

»Anstrengend, aber wir konnten einiges klären.« Ich ging ins Schlafzimmer. »Und hier, alles in Ordnung?«

»Ja, alles ganz normal.«

Normal?

Normalität ist alles zwischen Ist und Soll.

Wenige Sekunden später tauchten die Kinder im Flur auf. »Papa!« Matteo stürzte sich auf mich, während seine Schwester gelassen auf mich zuging und mir einen verstohlenen Kuss gab.

»Was hast du uns mitgebracht?«

Die Stimme meines Sohnes stand glasklar im Raum, während mir meine plötzlich völlig abhandengekommen war. Ich fuhr nicht oft weg, aber wenn, brachte ich ihnen immer eine Überraschung mit. Doch jetzt starrte ich auf Matteos ausgestreckte Hände und erstickte fast an meinen Schuldgefühlen. Ich hätte an irgendeiner Raststätte halten oder ein Werbegeschenk aus dem Büro holen können. Aber ich hatte einfach nicht daran gedacht. Das kleine Ritual, das ich selbst eingeführt hatte, war mir komplett entfallen.

»Schatz, ich habe dein Geschenk im Auto gelassen! Du bekommst es morgen, versprochen!« Ich schaffte es nicht, meinem Sohn in die Augen zu sehen.

19.

Wenige Abende nach meiner kleinen Liebesflucht kam ich nach Hause und sah, dass Sandra sich zum Ausgehen fertig gemacht hatte. Sie trug ein blaues Kleid mit einem tief sitzenden breiten Gürtel, dazu Schuhe mit hohen Absätzen.

»Wie wär's, wenn wir heute auswärts essen?«, schlug sie vor.

»Und die Kinder?«

»Die sind bei meiner Mutter und werden nicht gleich sterben, wenn sie mal einen Abend ohne uns verbringen müssen.«

Ich hatte überhaupt keine Lust auszugehen, erklärte mich aber trotzdem einverstanden.

Ahnte sie etwas? Ich hatte mal irgendwo gelesen, dass betrogene Frauen versuchen, ihre Ehe zu retten, indem sie krampfhaft einen auf jünger machen.

Wir gingen in ein Lokal, in dem wir früher Stammgäste gewesen waren, aber es hatte inzwischen den Besitzer gewechselt und war lange nicht mehr renoviert worden. Die Plastikblumen auf den Tischen, die zerknitterten Tischdecken und die Neonbeleuchtung sorgten für ein ziemlich trostloses Ambiente. Sandra wiederum war fast schon zu hübsch, und zwar nicht nur für diesen Laden. Ich musterte sie über die Speisekarte hinweg. Sie besaß wirklich Bärenkräfte. Matteos Taubheit war für uns beide ein schwerer Schlag gewesen. Aber sie hatte es geschafft, Hilflosigkeit in Stärke zu verwandeln.

Wir gaben unsere Bestellungen auf, und unser Gespräch kam nur stockend in Gang. Wir redeten darüber, was Alice nach dem Abitur machen würde. Auf welche weiterführende Schule wir Matteo schicken sollten. Über die bevorstehenden Ferien und die Notwendigkeit, ein neues Auto anzuschaffen.

Ich musterte Sandra, die nüchtern verschiedene Möglichkeiten aufzählte.

Ich würde gern etwas Wichtiges mit dir besprechen.

»Was hältst du von Medizin, Alberto?«

Ich kenne Camilla schon viel länger als dich.

»Sie macht noch einen sehr unentschlossenen Eindruck.«

Sie ist wieder in mein Leben getreten, und mir ist klar geworden, dass sie es nie verlassen hat.

»Das ist eine wichtige Entscheidung, die gut überlegt sein will. Aber sie kommt mir noch so jung vor!«

Wir haben seit einem halben Jahr eine Affäre, und ich schaffe es einfach nicht, sie zu verlassen.

»Alice ist sehr gut in Naturwissenschaften.«

Ich liebe dich nicht mehr, und es tut mir unfassbar leid.

»Die Logopädin hat mir erzählt, dass Matteo große Fortschritte macht. Ich bin so glücklich!«

Ich hätte gern den Mut, dich um Verzeihung zu bitten.

Gleich nach dem Nachtisch zahlte ich und half Sandra in den Mantel. Dann gingen wir schweigend nach Hause.

Inzwischen war mir klar, dass Sandra nichts ahnte. Aber warum eigentlich? Traute sie mir so was etwa nicht zu? Oder war sie nur viel zu sehr damit beschäftigt, den Alltag zu organisieren und sich um die Kinder zu kümmern? Was, wenn sie die Familie wegen Matteos Behinderung um jeden Preis zusammenhalten wollte?

Ich sah zu, wie sie sich auszog. Sie bewegte sich mit einer ruhigen Selbstverständlichkeit. Und zwar nicht nur hier im

Schlafzimmer, sondern überall. So als wäre alles, was sie brauchte, in unmittelbarer Reichweite. Die Familie ebenso wie Bürsten und Cremes.

Ich schmiegte mich an den Körper, den ich einst geliebt hatte, aber nicht mehr begehrte. Sie musste das auch spüren, denn sie zog sich enttäuscht zurück und ließ mich allein im Dunkeln liegen – steif und verlegen.

Als Kind kann man sich entschuldigen, und alles ist wieder gut. Zum Beispiel wenn man jemanden geschubst, geärgert oder mit Farbe bekleckert hat. Man wiederholt die entschuldigenden Worte wie eine magische Formel, die alles wieder in Ordnung bringt. Aber als Erwachsener geht das nicht mehr so leicht. Die Worte allein genügen nicht mehr: Man muss sie auch meinen.

20.

Es war ein Montag im Herbst, als ich Greta mit der üblichen Zahnarztausrede kam und gegen halb elf das Büro verließ.

Ich ging zu Camilla.

Sie trainierte gerade, trug einen schwarzen Body, eine weiße, leicht transparente Strumpfhose und Stulpen.

»Gib mir noch fünf Minuten.«

»Vergiss es, ich will dich jetzt sofort, ich brauche dich!«, sagte ich mit gespieltem Ernst.

Sie lächelte. »Hör auf, mich zu nerven, Alberto, lass mich noch kurz zu Ende üben.«

»Aber höchstens fünf Minuten!«

Sie ging lässig in den Seitspagat, beugte den Oberkörper erst über das eine, dann über das andere Bein. Voller Bewunderung sah ich zu, wie sie mit den Fingern die Zehen berührte.

Sie konnte sich unglaublich verrenken. Sie war perfekt.

Ich legte mich neben sie auf den Boden und betrachtete sie aus nächster Nähe, um sie zum Lachen zu bringen. Ich küsste sie auf Schultern und Hals und spürte, wie sie zitterte, während sie versuchte, nicht die Konzentration zu verlieren.

»Du bist unglaublich! Meiner Meinung nach musst du nicht weitertrainieren.«

»Aha, verstehe! Wenn das natürlich ein so weltberühmter Choreograf sagt wie du …«

»Ich verstehe nicht viel von Ballett, aber umso mehr von Ballerinas.« Ich musste selbst über meine alberne Bemerkung lachen.

Camilla strich mir über die Wange, löste sich aus ihrer unnatürlichen Haltung und kam mir so nahe, dass ich sie einfach anfassen, küssen, ausziehen und besitzen musste.

Wir liebten uns wie nie zuvor. Keine Ahnung, ob das nur die entfesselte Leidenschaft eines Mannes war, der sich damit abplagte, mit seinen Fehlern zu leben. Oder ihr verdrehter, halb nackter Körper, der mich zum Tier machte und zwang, sie zu nehmen. Aber an diesem Tag begehrte ich diese Frau, als wäre sie das letzte Exemplar ihrer Gattung.

Es war kurz nach elf, als mein Handy klingelte. Ich erstarrte und sah Camilla stirnrunzelnd an, bevor ich zum Sessel eilte, auf dem mein Blackberry lag.

»Wer ist dran?«, fragte sie.

Sandras Name leuchtete auf und hatte nicht vor, gleich wieder zu verblassen. Meine Beine gaben nach, und ich musste mich am Tisch abstützen. Ich dachte an Greta, an mein Büro, an die Ausrede mit dem Zahnarzt und konnte nur beten, dass mich der liebe Gott nicht ausgerechnet jetzt im Stich ließ. Ich drückte auf »Annehmen«, hielt mir das Handy ans Ohr und bedeutete Camilla, mucksmäuschenstill zu sein.

»Sandra«, sagte ich so gefasst wie möglich.

»Alberto, fahr schnell zur Schule, Matteo hat sich auf der Toilette eingeschlossen!«

»Wie bitte?«

»Du musst zu Matteo in die Schule!«

»Und wo bist du?«

»Ich sitze im Taxi und bin schon unterwegs. Der Rektor hat mich gerade angerufen. Matteo weigert sich, die Toilette zu verlassen. Es muss etwas Furchtbares passiert sein, Alberto!«

Ich besann mich auf meine Vaterrolle und sagte: »Beruhige dich, ich komme sofort. Wir sehen uns dort.«

Schnell zog ich mich an und versuchte, nichts zu vergessen: den Krawattenknoten, das Jackett, den Geldbeutel und das Handy.

Ich stürmte die Treppe hinunter und rannte zum Auto.

Von unterwegs rief ich Greta an.

»Ich komme vorerst nicht zurück ins Büro. Ich muss zu Matteo in die Schule.« Mein schlechtes Gewissen zwang mich zu fragen: »Hat meine Frau zufällig angerufen?«

»Nein. Aber für den Fall, dass sie noch anruft, was soll ich ihr sagen?«

»Sie wird nicht anrufen. Wir sehen uns also heute Nachmittag, in dringenden Fällen melden Sie sich bitte auf meinem Handy.«

Ich schlängelte mich durch den Verkehr, überfuhr ein paar gelbe Ampeln und überholte rechts.

Auf dem Schulparkplatz ließ ich ein Taxi vor, das gerade zurücksetzte. Vermutlich hatte es soeben Sandra hergebracht.

Sandras Stimme ließ die Wände erzittern.

Ich blieb stehen, um zu begreifen, woher sie kam. Dann rannte ich die Treppe hinauf. Je mehr ich mich näherte, desto lauter wurde ihre Stimme. Sie lotste mich in den dritten Stock, bis ans Ende des rechten Flurs.

»Öffnen Sie verdammt noch mal diese Tür!«

»Signora, beruhigen Sie sich, wir haben den Sicherheitsdienst bereits verständigt. Der kann das Schloss aufbrechen.«

»Zum Teufel mit dem Sicherheitsdienst!«, schrie sie, um etwas leiser hinzuzufügen: »Matteo, mein Schatz, ich bin's, Mama. Hab keine Angst.«

Ich sah sie sofort: Sie lag auf dem Boden und schob gerade die Hand unter der Tür durch, obwohl es sich um eine öffentliche Toilette handelte.

Weitere fünf Personen, von denen ich einige kannte, standen um sie herum.

»Schatz, ich bin's, Mama. Bitte sieh mich doch an!« Erschöpft schrie sie mit irrem Blick: »Machen Sie diese Tür auf, rufen Sie die Polizei, sprengen Sie sie in die Luft, wenn es sein muss, aber machen Sie ENDLICH DIESE VERDAMMTE TÜR AUF, UND HOLEN SIE MEINEN SOHN DA RAUS!«

»Sandra!«

Sie drehte sich zu mir um und sagte seufzend: »Alberto, er kauert in einer Ecke und hat die Hörgeräte in der Hand. Wenn er nicht sofort rauskommt, dann ...«

»Beruhige dich, mein Schatz, wir finden schon eine Lösung.«

Eine Lehrerin ging zur Tür und rief den Namen meines

Sohnes. Doch Sandra schubste sie wutentbrannt weg. »Mein Sohn ist taub, Sie dumme Nuss! Das steht auch in den verdammten Unterlagen, die ich unterschreiben musste, damit die Schule ihn überhaupt nimmt. Er kann Ihr Gewimmer nicht hören, also lassen Sie sich gefälligst was Besseres einfallen.«

Die Ärmste entfernte sich wortlos, wagte es kaum noch zu atmen.

»Sandra, beruhige dich, ich flehe dich an!«

»Ich werde mich erst beruhigen, wenn ich meinen Sohn wiederhabe.« Sie zerrte mich auf die Toilette daneben.

»Versuch, mich hochzuheben, ich will über die Trennwand klettern. Wenn die sich einbilden, dass ich auf den Hausmeister warte, haben sie sich geschnitten!«

Verdattert machte ich eine Räuberleiter und hob sie hoch. Es gelang ihr, über die Trennwand zu schauen.

Und dann sogar, sich darüberzuhangeln und Halt auf der Toilettenschüssel zu finden.

Ich hörte, wie sie immer wieder sagte: »Alles wird gut, mein Schatz. Jetzt bringe ich dich erst mal hier raus!«

Nach endlosen Minuten ging die Tür auf, und eine zerzauste Sandra mit kaputter Strumpfhose erschien. Sie hatte Matteo im Arm.

Dann baute sie sich vor einer Lehrerin auf und fragte: »Was ist passiert?«

»Ein Junge aus der Fünften hat ihn geärgert, anschließend hat sich Matteo auf der Lehrertoilette verbarrikadiert. Es war nur ein dummer Streich, aber wir haben die Eltern trotzdem herbestellt.«

Sandra sah sie an, als wäre sie das Letzte. Dann sagte sie: »Sie kommen nie mehr in die Nähe meines Sohnes, oder ich zeige Sie an! Und jetzt bringen Sie mich bitte zu diesem reizenden Jungen, ich würde nämlich gern ein paar Takte mit ihm reden.«

»Sandra …«, schaltete ich mich zaghaft ein.

»Überlass das bitte mir!« Sie ging auf den Flur, wo ein Mann in unserem Alter mit einem Kind sprach, das kaum größer war als Matteo. Ich sah, wie meine Frau auf die beiden zustürmte wie ein wild gewordener Stier, und rannte mit Matteo im Schlepptau hinterher.

»Wenn Ihr Sohn sich meinem noch einmal nähert, ja wenn er ihn auch nur anschaut, werden Sie das bitter bereuen, das schwör ich Ihnen! Ja, Sie haben richtig verstanden, das ist eine Drohung! Ich habe nämlich einen tauben Sohn und schrecke vor nichts zurück!«

»Signora, übertreiben Sie nicht, das sind doch noch Kinder!«

»Von wegen! Mein Junge hatte solche Angst, dass er sich auf der Toilette eingeschlossen hat. Nicht auszudenken, was er alles durchmachen musste! Halten Sie Ihr Kind von meinem fern, und das ist mein letztes Wort! Mein Sohn ist körperbehindert, aber mit Ihrem scheint geistig was nicht in Ordnung zu sein. Und so leid es mir tut: In seinem Fall ist das kein Schicksal!« Dann drehte sie sich um und ließ Vater und Sohn völlig verdutzt zurück.

Wir gingen zum Auto.

Sandra stützte sich schwer atmend aufs Armaturenbrett. Sie zitterte immer noch vor lauter Stress und Wut.

»Hab ich es deiner Meinung nach übertrieben?«

»Nein, wieso? Ich habe nur schon mal unseren Anwalt verständigt.« Lächelnd legte ich ihr eine Hand auf die Schulter.

Sie starrte aus dem Fenster und musste lachen. »Hast du das Gesicht der Lehrerin gesehen?«

»Sie hatte Todesangst, meiner Meinung nach hat sie sich in die Hosen gemacht!«

Wir brachen in Gelächter aus, und die Anspannung ließ nach. Sandra räusperte sich. »Um meine Liebsten zu beschützen, wäre ich zu allem fähig, Alberto!«, sagte sie mit heiserer Stimme.

Ich bekam eine Gänsehaut.

»Ich fahre euch nach Hause.«

Matteo zwängte sich zwischen den Vordersitzen hindurch und sagte: »Ich habe Hunger!«

Sandra brach in Tränen aus – aus Erleichterung, aber auch aus Stolz. Sie legte eine Hand auf meinen Arm und drückte ihn zärtlich.

Ich drehte mich zu meinem Sohn um und rief zu den entsprechenden Gebärden: »Hamburger und Pommes?«

Er strahlte.

Sandra strahlte.

Ich ließ den Motor an und fuhr los.

21.

Die Zeit verging, und ich log immer besser. Es war fast schon unheimlich, wie wenig mich das noch belastete. Ganz einfach weil man sich an alles gewöhnt, selbst an die schrecklichsten Dinge.

Eines Abends schwänzte ich sogar ein Geschäftsessen und schreckte nicht einmal davor zurück, Greta zu instrumentalisieren. Schon als ich ins Büro kam, täuschte ich starke

Kopfschmerzen vor. Am späten Vormittag bat ich Greta, mir einen Tee zu bringen, was ich noch nie zuvor getan hatte. Als sie fragte, ob sie mir was zum Mittagessen mitbringen solle, sagte ich nur: »Nein danke, ich habe überhaupt keinen Hunger. Irgendwie bin ich heute ziemlich angeschlagen.«

Und sie versicherte mir, dass gerade eine scheußliche Grippe umgehe, ein Magen-Darm-Infekt.

In solchen Fällen ist eine scheußliche Grippe immer DIE Lösung.

Kaum war ich allein, zog ich das Panino aus der Tasche, das ich morgens in der Bar gekauft hatte, und schlang es hastig hinunter. Die Serviette steckte ich samt den Krümeln zurück in die Papiertüte und diese wiederum in meine Aktentasche. Etwa eine Stunde später sagte ich zu Greta, dass ich mich tatsächlich nicht wohlfühle. Bestimmt sei es besser, ich ginge nach Hause, statt das ganze Büro anzustecken. Ich bat sie höflich, das Geschäftsessen abzusagen, und verabschiedete mich mit der Aufforderung: »Bitte rufen Sie mich auf dem Handy an, wenn irgendwas ist. Wir haben eine Festnetzstörung und warten noch auf den Techniker.«

Mit einem mitfühlenden Lächeln begleitete sie mich zum Lift und flötete: »Werden Sie bald wieder gesund, Dottore!«

Ich fuhr das Auto vom Firmenparkplatz und stellte es in einer Seitenstraße ab.

Dann ging ich zu Camilla.

Aber leider lief es nicht so wie erhofft. Ich war angespannt und nervös, denn es ist deutlich einfacher, sich eine Lüge auszudenken, als sie zu leben.

Im Restaurant nahm Camilla meine Hand, doch ich zog sie erschreckt zurück. War ich bereits so dreist, mit meiner Geliebten in aller Öffentlichkeit Händchen zu halten?

»Entschuldige!«, sagte sie und versteckte ihre Hand unter dem Tisch.

Sie wirkte niedergeschlagen. Was brachte ein gemeinsamer Restaurantbesuch, wenn jeder Körperkontakt verboten war? Ich musste mich dringend entspannen. Weil ich wusste, dass ich sie verletzt hatte, versuchte ich, es wiedergutzumachen, indem ich die Hand nach ihrem Arm ausstreckte. Aber sie war bereits von mir abgerückt.

Ich merkte, dass ich so schnell wie möglich in ihre Wohnung zurückwollte. Aber warum? Weil ich das Bedürfnis nach innerer Ruhe hatte oder weil ich befürchtete, ertappt zu werden?

»Was soll nur aus uns werden?«, fragte Camilla und holte mich ins Hier und Jetzt zurück. An den Restauranttisch, an dem ich eigentlich gar nicht sitzen durfte.

Ich schwieg.

»Es ist einfach zu kompliziert, Alberto. Immer wenn du mich allein lässt, habe ich das Gefühl, dass auch ein Teil von mir verschwindet. Nachdem du neulich weg warst, kam mir die Wohnung vor wie eine Falle. Da hab ich meine Sportklamotten angezogen und bin laufen gegangen. Ich habe es bis ans Meer geschafft und mich neben die Mole gesetzt. Weißt du noch? Manchmal kommt mir das wie eine Ewigkeit her vor. Und dann fühlt es sich wieder so an, als wäre es erst gestern gewesen.« Sie fasste sich an den Hals. »Was wir hier tun, ist falsch, Alberto. Ich liebe dich, aber ich fürchte, das reicht nicht. Ich kann das einfach nicht mehr. Nicht nur, weil es mich offiziell nicht geben darf. Sondern auch, weil es so wehtut. Ich liebe dich und wünsche mir mehr.«

Das hatte irgendwann mal kommen müssen, trotzdem traf es mich völlig unvorbereitet.

Genieß jede Sekunde, jeden Traum und jede Sehnsucht. Denn schon morgen kann alles ganz anders aussehen.

»Schweigen ist auch keine Lösung, Alberto!«, sagte sie leicht gereizt, holte tief Luft und fuhr dann in einem anderen Ton fort: »Aber was sollst du schon sagen? Du hast Frau und Kinder, dagegen komme ich sowieso nicht an. Im Grunde gibt es mich gar nicht. Ich komme von weit her, und alles, was ich brauche, passt in einen Koffer.«

»Jetzt sei nicht unfair!«

»Das bin ich nicht. Ich weiß, dass es kompliziert ist. Aber hast du dich je gefragt, was passiert, wenn wir auffliegen?«

Mir blieb die Luft weg.

Es ist nicht weiter schwer, sich einen Fluchtplan auszudenken. Aber es ist sehr schwer, sich zu stellen.

»Darüber musst du doch nachgedacht haben!«

»Natürlich denke ich darüber nach. Aber was soll ich deiner Meinung nach tun? Nach Hause gehen und meine Koffer packen? Meinen Kindern in die Augen sehen und ihnen sagen, dass alles, woran sie geglaubt haben, gelogen war? Dazu fehlt mir der Mut, Camilla. Ich brauche einfach noch Zeit.«

»Wie viel Zeit? Willst du einen Monat warten oder ein Jahr? Ist dir eigentlich klar, dass du nie aufhören wirst zu warten, wenn du ihnen nicht wehtun willst? Und wer sagt eigentlich, dass sie dann nicht noch mehr leiden werden?«

Mir schwirrte der Kopf. Ich hatte keinen Plan, ich wollte nur niemanden verletzen.

»So bist du nicht, Alberto. Ich kenne dich. Du bist kein zynischer Betrüger, sondern immer noch der schüchterne und zugleich tapfere Junge, der bereit war, für mich zu kämpfen. Sollten wir jemals auffliegen, wirst du am allermeisten darunter leiden, da bin ich mir sicher.«

Ich starrte sie an.

»Ich dachte immer, ich weiß, was ich will. Ich habe mich bewusst für meine Karriere entschieden und dafür auf eine stabile Beziehung, ein festes Zuhause verzichtet. Und jetzt? Jetzt möchte ich mit dir zusammenleben und habe mir eingebildet, ich bräuchte bloß wieder zurückzukommen. Dabei bin ich nichts als eine alberne, sentimentale Person, die sich einbildet, du wärst ihr Freund. Obwohl du jemand ganz anderes bist.« Sie schenkte sich ein Glas Wasser ein und trank es auf einen Zug aus. »Was soll nur aus uns werden?«

»Ich liebe dich, und das ist das Einzige, was ich dir im Moment geben kann.«

»Das reicht mir aber nicht. Das ist mir zu wenig.«

Ich wusste nicht, was ich darauf sagen sollte.

»Während du nur die Nachmittage siehst, an denen wir uns im Halbdunkel stumm umarmen, den schnellen Sex in der Mittagspause, unser Liebeswochenende und unsere Tagträume, muss ich vor allem an die einsamen Wochenenden, die Abendessen, bei denen ich nur für mich decke, und das vergebliche Warten neben dem Telefon denken. Und das ist der Grund, warum es falsch ist.«

Ich spürte einen Stich wie von einem scharfen Messer. Es war spitz, rostfrei, besaß eine stabile Klinge und eine perfekte Schneide.

22.

Ich schlief sehr schlecht und hatte den ganzen Vormittag Kopfschmerzen. So schlimm, dass ich Greta zum Tablettenholen in die Apotheke schicken musste.

Als sie mit dem Medikament und dem Wechselgeld wieder in der Tür stand, sagte sie fröhlich: »Da ist eine gewisse Camilla für Sie. Sie sagt, sie sei eine Freundin.«

»Oh, Camilla, was für eine schöne Überraschung!« Meine Stimme war eindeutig zu laut und wenig überzeugend. »Bitte schicken Sie sie herein.« *Und verstecken Sie sie vor den Kollegen!*, hätte ich am liebsten hinzugefügt.

»Entschuldige, erst wollte ich dich nur anrufen, fand das aber nicht besonders fair.«

Ich sprach ein stummes Gebet, um die gefürchteten Worte nicht hören zu müssen, aber sie fuhr fort: »Ich ziehe weg von hier.« Es folgte eine kurze Pause, und das Messer drehte sich in meiner Wunde. »Ich kehre nach Paris zurück. In der Schule habe ich schon Bescheid gesagt, sie suchen eine Vertretung. Ich werde mich in Frankreich nach Arbeit umsehen. Aber das dürfte nicht weiter schwierig sein, schließlich habe ich dort gute Beziehungen und nach wie vor einen ausgezeichneten Ruf. Es tut mir leid, ich hätte niemals zurückkehren dürfen.«

»Sag das nicht, ich bitte dich, meine Liebe, sag doch so was nicht!« Ich stand direkt vor ihr, spürte immer noch die unglaubliche Wärme, die von ihr ausging. »Du bist die Einzige, die ich je geliebt habe!« Dass man mich von draußen hören konnte, war mir völlig egal.

»Ich liebe dich auch, aber es wird Zeit, dass wir endlich das Richtige tun.«

Das Richtige? Und was soll das bitte sein? Das Richtige für wen? Für meine Frau, die jetzt noch jemand anderes finden könnte, der sie wirklich liebt? Für meine Kinder, denen ich bloß vorlebe, dass es sich nicht lohnt, für seine Träume zu kämpfen? Oder für mich, der ich erst jetzt merke, wie es ist, sich für seine Gefühle zu schämen?

Sie trat auf mich zu und umarmte mich. »Du wirst mir wahnsinnig fehlen.« Dann löste sie sich von mir und ging, ließ mich stehen wie den letzten Überlebenden einer Flugzeugkatastrophe.

Dann kamen die Leere, die Sehnsucht und Trauer. Ich hielt mich an meinem Schreibtisch fest, um nicht hinzufallen, und begann zu weinen. Ich weinte wie ein Gymnasiast, der plötzlich sitzen gelassen wird, damit ein Traum verwirklicht werden kann. Und ich weinte wie ein vierundvierzigjähriger Mann, der gern Teil dieses Traums gewesen wäre.

Da stand ich nun, war wie gelähmt und am Boden zerstört: heute wie damals.

Es gibt Verluste, an denen wir wachsen. Zum Beispiel wenn wir schlechte Angewohnheiten oder überflüssige Pfunde verlieren: Danach fühlen wir uns fit, ja wie neugeboren. Verlieren wir jedoch ein Spiel, die Haare oder einen geliebten Menschen, erkennen wir uns gar nicht mehr wieder, so schwach und mitgenommen sind wir.

»Greta, ich bin mal kurz weg, ein paar dringende Einkäufe erledigen!« Ohne ihre Antwort abzuwarten, stürmte ich hinaus. Ich holte den Lift, hielt es dann aber für Zeitverschwendung, dumm rumzustehen und zu warten, bis sich die Türen öffneten. Deshalb nahm ich die Treppe. Ich sauste am Pförtner vorbei und dann durchs Tor. Ich wandte mich nach rechts und rannte los. *Lieber Gott, ich flehe dich an, bitte mach, dass sie noch nicht fort ist. Ich flehe dich an, ich flehe dich an, ich flehe dich an!*

Nach wenigen Sekunden stand ich vor ihrem Haus. Ich stützte eine Hand auf die Tür und die andere auf meinen Oberschenkel, um wieder zu Atem zu kommen.

Dann stürmte ich die Treppe hinauf, flehte inständig, dass sie noch da wäre. Ich wusste nicht, was ich ihr sagen würde, nur, dass ich noch mal mit ihr sprechen musste. Auf dem Treppenabsatz blieb ich stehen, und ein Geräusch hinter der Tür gab mir neue Hoffnung.

Ich klopfte.

»Alberto!« Sie machte einen überraschten, aber durchaus erfreuten Eindruck.

Sie ließ mich in die Wohnung. Schon vom Flur aus sah ich den Koffer auf dem Bett.

»Hast du schon gepackt?«

»Glaubst du etwa, ich mach dir was vor? Glaubst du, ich spiele Spielchen? Wir sind keine kleinen Kinder mehr, Alberto, und obwohl ich ungebunden bin, kann ich deine Situation nicht vollständig ausblenden. Ich kann nicht hier leben in dem Wissen, dass du nur wenige Meter weit entfernt bist.« Die Worte sprudelten nur so aus ihr hervor.

Ich umarmte sie. »Und ich? Was soll ich bloß ohne dich machen?«

»Das, was du besser kannst als jeder andere, Alberto, für deine Familie da sein.«

Sie nahm meine Hände und küsste sie. Dann trafen sich unsere Lippen in einem langen leidenschaftlichen Kuss. Ich folgte meinem Instinkt und küsste sie auf den Hals, die

Schultern und den Busen. Ich saugte ihren Duft in mich ein.

»Ich will dich.«

Wir liebten uns auf dem Fußboden, wild und animalisch.

Es blieb mir nichts anderes übrig, als zu hoffen, dass der Liebesakt ihre früheren Worte zunichtemachen würde. Dass sie den Koffer wieder auspacken und einen Kaffee mit mir trinken würde. Dass wir wieder miteinander reden und uns in Tagträumen verlieren würden, so wie immer.

Aber so kam es nicht. Camilla stand auf und zog sich wortlos an, während ich wie tot liegen blieb.

»Bist du dir wirklich sicher?«

Sie antwortete nicht.

»Camilla, ich flehe dich an, lass uns noch mal über alles reden.«

»Was sollen wir schon reden?«

»Sag mir wenigstens, wo du hinziehst, hinterlass mir eine Adresse!«

»Ich kann für ein paar Wochen bei einer Kollegin unterkommen, bis ich was Eigenes gefunden habe. Wir können nicht Kontakt halten, denn das würde uns bloß wehtun und niemandem weiterhelfen. Leben heißt nicht nur leiden. Ich will das nicht mehr – mir zuliebe, aber auch dir zuliebe!« Sie strich mir zärtlich über das Gesicht. »Und jetzt hilf mir, den Koffer hinunterzutragen. Mein Zug nach Paris geht erst heute Abend, aber vorher will ich noch bei der Schule vorbeischauen und ein paar Sachen abholen.«

Ich muss ihren Koffer genommen und damit nach unten gegangen sein, während sie nach dem Mantel griff. Wie ich das geschafft habe, weiß ich nicht mehr. Ich weiß nur noch, dass uns Kälte entgegenschlug, als wir ins Freie traten.

Camilla spähte die Straße hinunter. »Die Luft ist rein!«, flüsterte sie nicht ohne bittere Ironie, und ich folgte ihr. Dann drehte sie sich ganz plötzlich um und sank mir in die Arme. Ihr Parfüm hüllte mich ein, und ihre Lippen waren nur noch Millimeter von meinen entfernt. Ich umschlang die Frau, die ich liebte, und fiel über ihren vollen roten Mund her. Ich fühlte mich wie ein sorgloser Teenager, und in diesem Moment war alles so, wie es sein sollte, und sämtliche Diskussionen und Zweifel der letzten Monate lösten sich in Luft auf.

»Papa!« Zwei schrille Silben ließen mich erstarren.

23.

Ich hatte mir das nicht bloß eingebildet, es war tatsächlich passiert: Alice hatte gesehen, wie ich eine andere Frau küsste, und war in die alte Wohnung meiner Eltern geflohen.

Damit war Sandras schöner Traum zerplatzt wie eine Seifenblase: das weiße Kleid, der Traumprinz, der sie in sein Schloss auf dem Hügel entführt, und alles andere, was sie sich je beim Zubettgehen so ausgemalt hatte.

Sie hatte blind daran geglaubt – in der festen Überzeugung, dass der Feind von außen kommt und nicht von innen. Ich weiß nicht, was schlimmer war: dass ich sie betrogen oder dass ich mich als jemand anderes ausgegeben hatte. Ich fragte mich, wie sie wohl auf das Scheitern ihres Traums reagieren würde, auf das Scheitern unserer Familie. Egal, ob wir zusammenbleiben oder uns trennen würden: Wir würden einen hohen Preis dafür zahlen müssen.

Nachdem wir Alice wiedergefunden hatten, sah ich zu, wie Sandra und die Kinder sich entfernten. Ich setzte mich auf die unterste Stufe vor dem Haus, in dem ich aufgewachsen war, schlug die Hände vors Gesicht und versuchte, meine Gedanken zu ordnen. Sofort stand mir Camilla vor Augen.

Camilla? Ich sah auf die Uhr.

»Mein Zug geht erst heute Abend«, hatte sie gesagt.

Ich stand auf und rannte los. Ich rannte bis zur großen Kreuzung und hoffte, dort ein Taxi zu erwischen. Aber ich lebte nun mal nicht in Paris. Bei uns in Italien muss man die Dinge suchen, man findet sie nicht direkt vor der Haustür. *Mit Ausnahme von Affären.* Ich lächelte verbittert.

»Zum Bahnhof, so schnell wie möglich!«, sagte ich schließlich beim Einsteigen, ohne die Tür richtig zugezogen zu haben.

Der Taxifahrer sah mich an, als hätte ich zu viele Filme gesehen, und meinte: »Es dauert so lange, wie es eben dauert.«

Ich nickte. Wie sollte er das auch begreifen? Selbst wenn ich ihm meine ganze Geschichte erzählt hätte – er hätte sie genauso ad acta gelegt wie alle anderen. Vielleicht kamen sie ihm ohnehin alle gleich vor.

Manche Dinge sind nur für denjenigen außergewöhnlich, der sie erzählt.

Ich zahlte, verzichtete auf mein Wechselgeld und betrat die Bahnhofshalle.

Immer zwei Stufen auf einmal nehmend, lief ich die Rolltreppe hinunter und rannte dann den Bahnsteig entlang.

Der Zug pfiff zweimal und fuhr langsam an. Ich schaffte es nicht, mich richtig zu verabschieden.

Unsere Blicke trafen sich, und ich hob lächelnd die Hand, während sie nur ergeben mit den Achseln zuckte und etwas sagte, das mir vollkommen entgangen wäre, hätte ich nicht vor Jahren gelernt, von den Lippen zu lesen.

»Ich habe den Koffer bereits zugemacht. Verzeih mir.« Und dann war sie verschwunden.

Ich ging zum Ausgang. Mit dem Handrücken wischte ich mir die Tränen ab, bestimmt sah ich ziemlich mitgenommen aus. Noch in der Bahnhofshalle blieb ich stehen und überlegte, was ich jetzt brauchte. Mir fiel nur eines ein. Also griff ich zum Telefon und rief zu Hause an.

»Hallo.« Sandra klang erschöpft und traurig.

»Ich bin's.«

»Ich weiß.« Damit gab sie mir zu verstehen, dass sie bereits mit meinem Anruf gerechnet hatte. Ich musste lächeln.

»Es tut mir leid, Sandra, ich kann dir das schlecht erklären, aber …«

»Wir sehen uns zu Hause, Alberto.«

Ich war ganz überwältigt von meinen Gefühlen, und meine Kehle war wie zugeschnürt.

Als ich die Wohnung betrat, waren Alice und Matteo noch wach. Sie spielten gerade Schach, während Sandra die Küche aufräumte.

»Papa ist da!«, rief Alice, so als hätten sie auf mich gewartet, und fragte dann: »Kannst du diese Partie mit dem kleinen Genie zu Ende spielen? Ich helfe Mama.«

Ich warf einen Blick auf das Schachbrett und sah, dass sämtliche Figuren noch da waren: genau wie wir.

Alles hat seinen Preis. Egal, wie wir uns entscheiden, wir sollten uns stets überlegen, welchen Preis wir zu zahlen bereit sind. Was für uns das Beste ist, muss nicht unbedingt das Richtige sein. Wir gehen fremd, weil es uns glücklich macht, und es gibt Tage, an denen wir glauben, dass es das wirklich wert ist: Das Leben ist einfach zu kurz, um darauf zu verzichten. Aber es gibt auch Tage, an denen wir die Zeit zurückdrehen wollen, um noch rechtzeitig zu verhindern, dass wir die enttäuschen, die wir lieben.

VIERTE REGEL:
EIN GESCHICKTER ANGRIFF IST DIE BESTE VERTEIDIGUNG

24.

Es war nicht leicht. Weder für mich noch für Sandra.

Trotzdem gelang es meiner Frau, den Alltag wiederaufzunehmen: die Kinder, ihre Termine, die Schule, Matteos Logopädie und Alices Tennisstunden, das Abendessen pünktlich um acht und die Sonntagsausflüge mit Freunden.

In der Öffentlichkeit behandelte sie mich mit viel Fingerspitzengefühl, privat mit Respekt. Sie beschimpfte mich auch nicht mehr. Darauf hatten wir uns geeinigt, noch an dem Abend, an dem wir Alice wiedergefunden hatten. Wir hatten die ganze Nacht geredet. Sie war wahnsinnig wütend, aber die Vorstellung, den Kindern meine Abwesenheit erklären zu müssen, und die Angst, Matteo aus dem Gleichgewicht zu bringen, zwangen sie, ihre Bedürfnisse zurückzustellen.

Elternsein bedeutet, Pflichten zu haben. Aber als Mutter eines behinderten Kindes verliert man fast alle Rechte.

Doch einige Monate später, als das Ganze fast schon überwunden schien, passierte etwas Unvorhergesehenes.

Wir waren gerade im Schlafzimmer, die Kinder lagen bereits im Bett. Sandra cremte sich die Hände ein und sagte: »Ich kann das nicht, Alberto!«

»Sandra?«

»Ich kann nicht glauben, dass du *nicht* mit dem Herzen dabei warst. Ich werde die Vorstellung einfach nicht los, dass es nicht bloß der Sex war, sondern dass du diese Frau wirklich geliebt hast und vermutlich immer noch liebst. Manchmal beobachte ich dich heimlich und frage mich, was wohl in deinem Kopf vorgeht. Was du mit deinen Erinnerungen anfängst. Wir haben immer gedacht, das Schwierigste an Matteos Taubheit wäre, an einem Strang zu ziehen, und das haben wir ziemlich gut hingekriegt. Aber das hat nicht gereicht, stimmt's?«

Ich wusste nicht, was ich darauf antworten sollte. Am liebsten hätte ich die Wahrheit gesagt, nämlich dass sie wie immer recht hatte. Aber ich umarmte sie nur und meinte: »So ist es aber nicht, Sandra, ich habe die Situation einfach bloß ausgenutzt. Ich konnte der Versuchung nicht widerstehen ...« Schluckend fuhr ich fort: »Aber diese Frau hat mir nie etwas bedeutet. Verzeih mir!«

Sie sah mir in die Augen. »Komisch, ich weiß das sogar zu schätzen, Alberto, und tu mal so, als würde ich dir glauben. Ich bemühe mich zumindest.«

In dieser Nacht schlief meine Frau an meiner Brust ein, und mir liefen die Tränen über die Wangen.

»Guten Morgen, hier ist DJ Davide. Wie geht's euch heute? Nicht gut? Na hört mal, es soll ein herrlicher Tag werden, außerdem wird euch von unserer Musik bestimmt gleich warm ums Herz. Als Erstes spiele ich einen wunderschönen Song von U2, All I Want Is You. *Und danach reden wir weiter, über hach! die Liebe ...*

So, da bin ich wieder und frage mich bei diesem Song, ob man sich als Erwachsener auch noch verlieben kann. Wenn ihr euch verknallt habt und keine Teenager mehr seid, dann schickt mir eine SMS an die 349 ... Anschließend diskutieren wir darüber, denn mir ist das auch passiert. Es stimmt übrigens, dass es immer ein Licht am Ende des Tunnels gibt.«

Ich lächelte und konnte dem Unbekannten, der mir schon so lange Gesellschaft leistete, nur zustimmen. Ich freute mich für ihn. Früher hatte er immer nur übers Fremdgehen gesprochen. Über Patchworkfamilien und die Sehnsucht, nach einer gescheiterten Beziehung noch mal ganz von vorn anzufangen. Jetzt klang er so optimistisch, dass ich ihm seine Verliebtheit sofort abnahm. Irgendwie konnte ich mich richtig mit ihm und seinen euphorischen Worten identifizieren. Ich hatte auch mal so geklungen.

Als Matteo in die vierte Klasse ging, wurde seine Integrationslehrerin überraschend versetzt. Was für andere ein trauriges, aber zu verschmerzendes Ereignis gewesen wäre, war für uns eine echte Katastrophe. Sämtliche Fortschritte unseres Sohnes waren in Gefahr. Für ihn waren Kontinuität und Bindungen überlebenswichtig, und die Folgen ließen nicht lange auf sich warten.

Als Alice eine Woche auf Skifreizeit war, brach Matteo in Tränen aus.

»Schule ist doof, ich kann das alles nicht. Nie kann ich richtig erklären, was ich meine. Ich will da nicht mehr hin!«

Es war so weit: Der Moment, vor dem wir uns so sehr gefürchtet, ja den wir überwunden geglaubt hatten, war gekommen.

Wir leiden sehr darunter, Matteo. Wir haben dir die Sterne vom Himmel holen, dir tausend Chancen und ein Leben mit ganz normalen Problemen bieten wollen. Stattdessen haben wir einander verloren, uns von den Ereignissen überrollen lassen. Mit der Folge, dass du dir völlig verlassen vorkommst, jetzt, da deine Schwester nicht da ist – die Einzige, die alles vorhergesehen hat. Die Einzige, die wüsste, was jetzt zu tun ist.

Wir konzentrieren uns auf Variablen, Lösungen, Hypothesen und Möglichkeiten, haben wirklich an alles gedacht. Aber du bist Gefühl pur, Körperkontakt und vor allem Schweigen. Verzeih uns, dass wir nicht gleich begriffen haben, dass du dir nur Geborgenheit wünschst. Verzeih uns, dass wir uns lange nur auf deine Schwächen konzentriert haben.

Ich ging auf meinen Sohn zu, suchte nach den richtigen Worten, respektierte seinen Rhythmus, achtete auf seine Augenbewegungen und nahm die Hände zu Hilfe. Und während ich verzweifelt versuchte, zu ihm durchzudringen, fragte ich mich, wer von uns beiden eigentlich etwas zu lernen hatte: er, der unter seiner Glasglocke hervorgekommen war, oder ich, der sie betreten hatte?

Matteo machte keine Anstalten, sich zu beruhigen. Er fuchtelte heftig mit den Armen, um sich verständlich zu machen, trommelte wild gegen meine Brust.

Ich begreife nicht, dass ich nichts begreife? Du bist nicht wie die anderen?

Habe ich nur deshalb ein Riesenbedürfnis, dich zu umarmen, dich noch mal richtig zu drücken, Matteo, damit du dir nicht wehtust? Du wehrst dich gegen mich, würdest deine Stille am liebsten herausschreien, uns erschrecken, uns wehtun, während meine Gedanken sich förmlich überschlagen. Du bist klein und hörst schlecht, und wenn du groß bist, wird sich das nicht ändern: Reisen, Pläne, eine feste Stelle und eine feste Beziehung – nichts davon wird dir leichtfallen. Aber ich bin dein Vater, und du wehrst dich gegen mich wie ein waidwundes Tier, während ich nur eines weiß, nämlich dass ich nicht lockerlassen werde.

Schließlich kehrt Ruhe ein. Du scheinst dich geschlagen zu geben, schmiegst deinen Kopf unter mein Kinn. Ich mustere dein tränenüberströmtes Gesicht. Es ist rot und erschöpft, genau wie meines.

Wir haben dich mit Regeln, Terminen und Pflichten über-

schüttet, deine Mutter und ich. Jetzt bittest du mich, das bleiben zu lassen, auf dein Schweigen zu hören und dich so zu nehmen, wie du bist. Ich merke, dass ich dich bewundere und gleichzeitig beneide. Außerdem zieht sich mein Herz schmerzhaft zusammen bei der Frage, was ich – der ich mich nach wie vor hinter meinen Fehlern verstecke – dir eigentlich beibringen soll.

Schlaffe Muskeln und schlecht funktionierende Organe gelten als körperliche Schwächen. Seelische Schwächen lassen sich nicht so leicht diagnostizieren. Sie sind nicht unschuldig an deiner Verlorenheit, an deinen mühsam artikulierten Worten und deiner eigentlichen Angst, nämlich der, dem Leben nicht gewachsen zu sein.

Als sich Matteo abends endlich beruhigte, hatte Sandra eine Idee. Sie kam aus der Küche und sagte: »Bringt mir jemand das Schachspielen bei?«

Matteo sah sie verständnislos an, deshalb wiederholte sie ihre Frage: »Hast du Lust, der Mama das Schachspielen beizubringen?«

Matteo strahlte und rannte sofort in sein Zimmer, um das Schachbrett zu holen. Von nun an erklärte er seiner Mutter Abend für Abend Spielzüge und Strategien, und zwar mithilfe von Gebärden – genau wie Alice es bei ihm gemacht hatte.

Camilla fehlte mir von Tag zu Tag mehr. Aus einem nagenden Gedanken wurde ein ständiges Stechen, der sprichwörtliche Stachel im Fleisch. Es war keine Kopfsache mehr, sondern körperlich spürbar, wie eine Narbe, ein Splitter oder eine Kugel, die sich nicht mehr entfernen ließen. Ich lernte, damit zu leben, wusste aber, dass man mir das anmerkte und nur aus Höflichkeit keine Fragen stellte.

Ich konnte nicht mehr an ihrem Haus vorbeigehen, so wie ich jahrelang nicht mehr ans Meer konnte, als ich Camilla das erste Mal verloren hatte. Ich konnte einfach nicht. Es war, als wäre dieses kurze Straßenstück in die Luft geflogen und hätte einen Riesenkrater zurückgelassen. Eine Katastrophe war über die Stadt hereingebrochen, und die Überlebenden liefen wie in Trance durch die zerstörten Straßen. Ich war einer von ihnen.

Manchmal schloss ich mich in meinem Büro ein und schrieb ihren Namen in eine leere Word-Datei, bestimmt zehnmal hintereinander. Darauf folgte ein endloses Markieren, Kopieren und Einfügen. Einmal gelang es mir sogar, Hunderte von Seiten zu füllen.

Nach einigen Minuten löschte ich alles wieder.

Eines Tages bat mich Alice, sie an die Uni zu begleiten, zu einem Tag der offenen Tür, an dem man Dozenten verschiedener Fakultäten kennenlernen konnte. Ich fand es noch ein bisschen früh für so eine Entscheidung. Alice hatte noch ein Jahr Zeit, sich alles in Ruhe zu überlegen, aber ihre Hartnäckigkeit schmeichelte mir.

»Pa, begleitest du mich?«, fragte sie am frühen Nachmittag.

Ich sah zu Sandra hinüber, nahm an, dass sie mit unserer Tochter hingehen wollte. Doch sie blieb stumm. Mir fiel auf, wie strahlend schön sie heute war. Sie trug einen kurzen Rock, genau wie früher, als ich sie kennengelernt hatte. Ihre Beine waren nach wie vor perfekt, aber seit sie Mutter war, schien sie beschlossen zu haben, sie züchtig zu bedecken.

Jetzt stand sie vor mir, wirkte irgendwie abwesend und hatte Lippenstift sowie Parfüm aufgetragen. Seit wann schaute ich sie eigentlich nicht mehr richtig an?

Sie schwieg.

»Und?« Alice wurde lauter, schlug einen Ton an, der keinen Widerspruch zuließ.

Ich wurde verlegen, war es nicht gewohnt, länger mit ihr allein zu sein, schließlich war sie inzwischen eine junge Frau. Ich musste daran denken, wie ich sie vor Jahren einmal in einen Harry-Potter-Film mitgenommen hatte. Matteo hatte Fieber, und Sandra scheuchte uns aus der Wohnung, damit wir nicht auch noch krank würden.

Es wurde ein lustiger Abend. Wir kauften Unmengen von Popcorn und Cola, und Alice hielt die ganze Zeit meine Hand.

»Ich hätte auch gern ein Gleis neundreiviertel, um an einen magischen Ort zu fahren! Das ist wirklich genial«, flüsterte sie begeistert.

Beim Verlassen des Saals bat sie mich, eine Art Minizauberstab für Matteo zu kaufen, und kaum waren wir zu Hause, rannte sie zu ihm und legte ihn neben sein Bett.

»Dann sieht er ihn gleich, wenn er aufwacht!«

Ich riss mich aus meinen Gedanken. Bestimmt würde es mir guttun, mehr Zeit mit meiner Tochter zu verbringen.

»Einverstanden, Ali! Das wird lustig, wenn mich alle mit deinem Freund verwechseln!« Auf einmal fühlte ich mich unbeschwert. Seit Camilla war ich nur selten zu Scherzen aufgelegt.

»Mach dir bloß keine Illusionen! Du kannst froh sein, wenn sie mich nicht für deine Altenpflegerin halten!«

Ich drehte mich instinktiv zu Sandra um, und wir brachen

in Gelächter aus. Meine Frau war wirklich wunderschön. Ich fragte mich, ob sie sich so hübsch machte, weil sie auf ein Kompliment oder eine Einladung hoffte. Aber es schien ihr nichts auszumachen, dass ich mit Alice ausging. Ich schwor mir, sie in Zukunft nicht mehr so zu vernachlässigen.

»Hast du sie jemals wiedergesehen?«, fragte Alice, als sie neben mir im Auto saß.

»Wen?« Ich stellte mich dumm, denn anlügen wollte ich sie nicht.

»Nein«, sagte ich nur, während ich von Erinnerungen überflutet wurde.

»Es war ganz schön hart, stimmt's?«

Ich musterte meine Tochter und überlegte, wie viel Überwindung sie diese Frage wohl gekostet hatte. Ihre Mutter, ihr Bruder, meine Affäre – welchen Reim hatte sich diese junge Frau wohl darauf gemacht? Was, wenn ich auch diesmal wieder etwas von ihr lernen konnte?

»Es war ein großer Fehler, mein Schatz. Eines Tages wirst du das verstehen.«

»Sich verlieben ist ein Fehler? Mehr hast du dazu nicht zu sagen?«

»Alice, wenn es nur so einfach wäre! Dass ich deine Mutter und euch betrogen habe, werde ich mir nie verzeihen. Aber ich kann die Zeit nicht zurückdrehen.«

»Und wenn, würdest du dann anders handeln?«

»Das weiß ich nicht, Ali.«

»Du hast uns zuliebe auf sie verzichtet. Ich hab dich gesehen, Papa, und das war echt seltsam. Ich habe in den letzten Monaten viel darüber nachgedacht. Ich habe gesehen, wie du eine Fremde küsst! Damals habe ich dich gehasst, aber jetzt nicht mehr.«

»Warum?«

»Weil ich mich auch verliebt habe.«

Mein kleines Mädchen! Aber das war natürlich Quatsch, sie war längst erwachsen geworden. Und jetzt gab es tatsächlich jemanden, bei dem sie solches Herzklopfen bekam, dass sie ihrem Vater glatt verzieh. Mein Bedürfnis, sie zu umarmen, war so groß, dass ich rechts ranfuhr und es tat.

Anschließend erzählte sie mir, ohne ein einziges Mal Luft zu holen, von einem Mitschüler, den sie kaum anzuschauen wagte. Der sie zum Stottern brachte und fast schon zu schön war für diese Welt. Hätten sie nebeneinandergesessen, wäre mir diese Geschichte äußerst bekannt vorgekommen. Ich ließ den Motor wieder an, und auf der restlichen Fahrt zur Uni überschüttete sie mich förmlich mit rührenden Anekdoten, erzählte, dass sie sich aus der Ferne angesehen und sich zugelächelt hätten und dass sie es kaum erwarten könne, ihn zu küssen. Dabei sprühten ihre Augen nur so vor Leidenschaft.

»Ali, ich wollte dich schon die ganze Zeit etwas fragen …« Ich räusperte mich umständlich, doch sie ließ mich den Satz gar nicht erst beenden.

»Nein, Papa, Matteo hat nicht das Geringste mitbekommen!«

Ich drückte ihre Hand. »Was hältst du davon, wenn wir erst später zum Tag der offenen Tür gehen und ich dich jetzt an einen ganz besonderen Ort bringe?«

»Wohin denn?«

»Ans Meer!«

»Na gut, ich weiß sowieso schon, was ich werden will!«

Und wer weiß? Vielleicht würde ich es dank Alice eines Tages doch noch schaffen, an Camillas Haus vorbeizugehen.

Manchmal ist man der Heilung näher, als man glaubt.

Als wir nach Hause kamen, war Sandra nirgendwo zu finden.

Eines Tages geschah etwas ganz Entscheidendes für unsere Familie. An einem faulen Sonntagvormittag hatten Alice und Matteo uns pünktlich um elf in die Küche bestellt. Als die beiden hereinkamen, saßen Sandra und ich gerade am Frühstückstisch vor zwei Tassen mit frischem Kaffee. Mir fiel auf, dass Matteo inzwischen genauso groß war wie Alice, bald würde er sie überragen.

»Wir haben euch etwas Wichtiges mitzuteilen«, sagte Matteo mit rauer, stockender Stimme, während Alice seine Worte gebärdete und ein Blatt auf den Tisch legte, das vom italienischen Schachverband abgestempelt worden war.

»Meine sehr geehrten Damen und Herren, ich habe die Ehre, Ihnen einen der Teilnehmer des nächsten italienischen Jugendschachturniers vorzustellen! Sie sind herzlich eingeladen, die Veranstaltung aus der ersten Reihe mitzuverfolgen, in andächtiger Stille natürlich«, fuhr Alice fort, wobei sie etwas von ihrem Bruder abrückte, damit er sich feierlich verbeugen konnte.

Sandra und ich sahen uns an, als hätten wir im Lotto gewonnen. Wir staunten und strahlten. An Einzelheiten kann ich mich gar nicht mehr erinnern, weil ich so überwältigt war vor Glück. Aber den Blick meiner Frau werde ich nie mehr vergessen. Das war der Moment, auf den wir so lange gewartet hatten.

Sandra stand auf und umarmte die Kinder. Das war eindeutig unser größter Triumph. Sie drehte sich um und winkte mich heran.

An diesem Tag machten wir eine Flasche Champagner auf.

Nach dem Mittagessen schob Sandra ihren Stuhl neben den von Matteo, verbarg ihre Nase in seinem Haar und flüsterte etwas, das ich nie erfahren würde.

Am Nachmittag ging Alice mit Matteo ins Kino, und ich half Sandra dabei, die Küche aufzuräumen. Ich war immer noch dermaßen beflügelt von der Sache mit Matteo, dass ich redete wie ein Wasserfall – keine Ahnung, wie lange.

»Was sagst du dazu? Sie sind in die Wohnung meiner Mutter gegangen, um ungestört Schach spielen zu können. Und wir, mit unseren ständigen Sorgen … Heute haben sie uns eine ganz schöne Lektion erteilt. Wir haben wirklich zwei wunderbare Kinder. Das Leben hat es so gut mit uns gemeint, dass …«

Ich drehte mich um, wollte mich vergewissern, dass Sandra noch in der Küche war. Sie sah aus, als hätte sie ein Gespenst gesehen.

»Sandra, was ist los?«

Keine Antwort.

»Na gut, es reicht! Sonst sind wir genauso schlimm wie die Eltern, die auf der Uniabschlussveranstaltung ihrer Kinder in Tränen ausbrechen. Aber was gibt es da denn zu heulen, da doch endlich keine Studiengebühren mehr anfallen?« Mit diesem Satz wollte ich ihr ein Lächeln entlocken.

Doch Sandra starrte mich einfach nur regungslos an. »Ich habe mich verliebt, Alberto«, schluchzte sie.

Der Teller fiel mir aus der Hand und zerbrach vor unseren Füßen.

Bestimmt hatte ich mich verhört. Bestimmt war Sandra nur extrem emotional und meinte unsere Kinder. Bestimmt wollte sie damit sagen, wie besonders sie doch waren.

»Ich bin auch ganz vernarrt in sie, Sandra«, erwiderte ich und hoffte, dass Feuer ausbrechen, Gas austreten oder sonst irgendeine Katastrophe passieren würde, um diesen Moment völlig aus meinem Gedächtnis zu löschen.

»Ich habe mich in einen anderen Mann verliebt, Alberto. Ich treffe mich schon seit Monaten mit ihm. Ich hasse mich dafür, aber ich kann einfach nicht anders.«

Wer konnte das besser verstehen als ich? Aber warum fühlte es sich dann bloß so an, als würde eine ganze Welt für mich zusammenbrechen?

Ich schüttelte den Kopf. »Soll das ein Witz sein? Ist das deine Form von Vergeltung? Heißt das, du hast die ganze Zeit nur so getan, als würdest du mir meine Affäre verzeihen, und stattdessen Rachepläne geschmiedet?«

»Nein. Ich liebe ihn wirklich!«

»Seit wann? Wer ist es?«, fragte ich, als wären die Rollen plötzlich vertauscht.

Sofort musste ich wieder an ihr Parfüm denken, an den Lippenstift und die Miniröcke. Wie dumm ich doch gewesen war, zu glauben, sie wären für mich bestimmt gewesen!

»Er heißt Davide. Er hat einen tauben Sohn. Ich habe ihn vor ein paar Jahren über Matteos Musiktherapie kennengelernt. Wir wollten das beide nicht, es ist einfach so passiert. Beim Warten auf unsere Kinder sind wir manchmal einen Kaffee trinken gegangen. Er hatte sich gerade von seiner Frau getrennt, als wir … als du diese Affäre hattest. Wir hatten dieselben Probleme, dieselben Ängste. Sein Sohn leidet an einer schweren Form von beidseitiger Hypakusis. Er war es auch, der mir geraten hat, dich nicht rauszuwerfen, dir noch eine Chance zu geben.«

»Na ganz toll! Wie großzügig von ihm! Solche Leute scheinen eine große Faszination auf betrogene Ehefrauen auszuüben.«

Sandra ging gar nicht erst auf meine blöde Bemerkung ein, sondern sprach einfach weiter: »Er ist ein guter Mensch. Er ist Radiojournalist, und mit ihm konnte ich zum ersten Mal über Matteo sprechen, ohne erst ewig weit ausholen zu müssen. Er ist genau wie ich, genau wie wir!«

»Natürlich, er ist mir dermaßen ähnlich, dass du mit ihm ins Bett gegangen bist! Hoffentlich hat er mir wenigstens keine Schande gemacht.«

Auf einmal brannte meine Wange – dort, wo gerade noch Sandras Hand gewesen war. Das war das erste Mal, dass einer von uns gewalttätig wurde.

Vielleicht hatte ich nicht das Recht, so schonungslos zu sein. Vielleicht hätte ich sie besser verstehen müssen als jeder andere. Aber dort in der Küche, zwischen den Scherben und der roten Wange, begriff ich, dass es nicht meine Haut war, die schmerzte.

Sandra verließ das Zimmer, und ich sammelte die Scherben auf.

Sandras Worte hallten in mir nach. *Er ist Radiojournalist und hat einen tauben Sohn …*

Und dann: *Er heißt Davide.*

O mein Gott, doch nicht DJ Davide!

Ich hatte das Gefühl, als hätte mich mein bester Freund betrogen.

Wir sind alle Sünder, so steht es schon im Buch der Bücher. Nur geben wir es ungern zu und versuchen daher meist vergeblich, unser Gewissen zum Schweigen zu bringen. Wir geloben Besserung, leisten innerlich Abbitte oder bestrafen uns selbst. Nur selten beichten wir.

Ich warf die Scherben weg und sank kraftlos zu Boden, lehnte mich mit dem Rücken an die Kühlschranktür.

Als Matteo noch klein war, hatte er das oft gemacht: sich dort hingesetzt und darauf gewartet, dass seine Mutter ihm das Abendessen zubereitete. Jetzt verstand ich auch, warum: Er empfand das Summen des Motors als beruhigend. Ich fragte mich, warum ich nicht das Bedürfnis hatte, Sandra anzuschreien, sie zu beschimpfen, so wie sie damals mich beschimpft hatte. Hatte ich resigniert, so als wäre unsere Beziehung längst zu Ende? Aber warum war ich dann bei ihr geblieben? Wenn mich nicht mal die Vorstellung, dass meine Frau mit einem anderen ins Bett ging, sich mit einem Fremden vergnügte, wütend machte – was hatte ich dann für ein seltsames Familienbild? War das jetzt wirklich das Ende?

Ich dachte an Alice und Matteo. Hielten sie uns zusammen, weil ein hörgeschädigtes Kind einfach mehr Verantwortung bedeutet? Nimmt man die Elternrolle ernster, wenn einem das Schicksal solche Steine in den Weg legt? Vermutlich schon, und genau das hatte ich auch für mich akzeptiert. Jetzt musste nur noch Sandra es akzeptieren.

Ich holte tief Luft, rappelte mich auf und ging zu ihr.

Sie saß auf dem Bett, reglos wie eine Statue.

»Wir müssen reden.«

»Worüber? Willst du Einzelheiten hören? Ich habe nichts getan, was du nicht auch getan hast.«

Sie hatte einen ganz verliebten Blick. Schwer vorstellbar, dass das dieselbe Frau war, die mich vor zwanzig Jahren voller Überzeugung geheiratet hatte. Jetzt hatte das Virus erneut zugeschlagen, obwohl sie wahrscheinlich schon längst nicht mehr damit gerechnet hatte. Ausgerechnet sie hatte es erwischt, die so immun dagegen zu sein schien! Aber es war nicht meine Schuld: Das war keine Rache, sondern Liebe.

»Ich weiß. Und ich weiß auch, wie kompliziert und ungerecht das alles ist. Wie sehr man sich wünscht, es wäre nie passiert. Und dann kommt man nach Hause, sieht die Familie und weiß plötzlich wieder, wer man eigentlich ist. Ich könnte noch stundenlang so weiterreden, will dich aber nicht unnötig quälen. Erklär mir bitte, was du vorhast, denn wenn sich nichts ändern soll, hättest du bestimmt nichts gesagt.«

»Ich konnte das einfach nicht länger für mich behalten. Ich frage mich, wie du es bloß geschafft hast, nach Hause zu kommen und so zu tun, als ob nichts wäre. Damals habe ich dich dafür gehasst, aber jetzt verstehe ich dich.«

»Keiner weiß besser als ich, was du empfindest. Aber wir sind nicht allein auf der Welt, die Kinder sind auch noch da.«

»Die Kinder? Ich kann an gar nichts anderes mehr denken! Andererseits, gelten für mich etwa andere Maßstäbe? Ist es etwa schlimmer, als Frau fremdzugehen?«, rief sie gereizt. »Da kann ich ja von Glück sagen, dass du mich zuerst betrogen hast, so habe ich wenigstens mildernde Umstände!«

»Ich rede hier nicht davon, wer mehr Schuld trägt. Es ist falsch, den Partner zu betrügen, aber es steht mir nicht zu, dich deswegen zu verurteilen. Ich weiß nicht, wer von uns beiden mehr Schuld hat, vielleicht sogar ich. Aber wenn du mich fragst, wer von uns beiden wichtiger für die Familie ist, wer mehr Verantwortung trägt, dann sage ich: du. Ich bin zwar auch noch da, aber du bist ihr Dreh- und Angelpunkt. Ich könnte einfach gehen, du jedoch nicht.«

Sandra hob den Kopf und sah mich an, als hörte sie nicht recht.

»Reiß dich zusammen, Sandra, ich flehe dich an! Warte, bis Matteo etwas älter ist. Dann ist alles einfacher! Sollte eure Beziehung halten, werde ich ausziehen. Und bis es so weit ist, kannst du tun und lassen, was du willst. Ich möchte dich nur bitten, diskret zu sein, aber das dürfte nicht nötig sein. Auch darin bist du bestimmt besser als ich.« Ich lächelte.

»Du bittest mich WAS? Ausgerechnet du? Hast du schon vergessen, was du getan hast? Erklär mir das mal bitte: Hat Matteo damals vielleicht kein intaktes Elternhaus gebraucht? Hat er damals nicht so gelitten? Weil er noch so klein war und nichts mitbekam? Oder weil es dir einfach besser in den Kram gepasst hat und dir deine Kinder egal waren?«

Sandras Worte trafen mich tief. Die ganze Wut, die sich monatelang in ihr aufgestaut hatte, schlug mir jetzt entgegen.

Natürlich hatte sie recht. Aber so schlimm ich mich auch verhalten hatte: Was sie jetzt entschied, würde schwerwiegende Folgen haben.

»Keiner kann dich besser verstehen als ich. Ich verurteile dich nicht, aber was damals passiert ist … So wie mich Alice angesehen hat, als sie vor mir weggelaufen ist, die Angst, die wir ihretwegen ausgestanden haben … Ich werde das nie vergessen. Es vergeht kein Tag, an dem ich nicht daran denke, welche Konsequenzen mein Verhalten hätte haben können. Dass wir noch zusammen sind, ist allein dein Verdienst. Ich will nicht, dass du das auch alles durchleiden musst, denn glaub mir, das würde dich umbringen.«

Sandra machte den Mund auf, als wollte sie etwas sagen, stieß dann aber nur einen traurigen Seufzer aus und ließ sich rücklings aufs Bett fallen. Ich schloss die Fensterläden, damit sie sich im Dunkeln etwas beruhigen konnte, und ging zurück in die Küche.

Sie kam bald nach, räumte weiter auf und fragte: »Sag mir

die Wahrheit, Alberto. Hättest du das für uns getan? Hättest du gewartet?«

»Ja.« Und das war die reine Wahrheit.

»Hast du Lust, ein Eis essen zu gehen?«

Sie war völlig verblüfft, und das freute mich.

»Ich sag den Kindern Bescheid, vielleicht wollen sie mitkommen.«

»Lass sie, ich glaube, wir haben einiges zu besprechen.«

»Ich hol nur schnell meine Tasche.«

Während wir an einem Tischchen draußen an der Strandpromenade saßen, nahm ich eine Seite an meiner Frau wahr, die ich lange verdrängt hatte. Sie war nicht nur die kämpferische Mutter von Matteo und Alice, sondern auch eine geistreiche, faszinierende Frau in den Vierzigern. Irgendwie war ich stolz auf sie.

»Er hat eine Morgensendung im Radio.«

»Sie war Primaballerina an der Pariser Oper und gibt jetzt Tanzunterricht.«

»Er sprüht dermaßen vor Ideen, dass man kaum noch nachkommt.«

»Sie hat überhaupt keine Wurzeln, es ist verdammt schwer, den Überblick zu behalten.«

»Als wir uns das erste Mal unterhalten haben, hatte ich das Gefühl, ihn schon ewig zu kennen.«

»Wir sind zusammen erwachsen geworden.«

»Er ist durch dieselbe Hölle gegangen wie wir.«

»Ihr Vater hat sie geschlagen, deshalb ist sie fortgegangen.«

»Haben wir deiner Meinung nach einen Fehler gemacht? Vielleicht haben wir von Anfang an nicht zusammengepasst.«

»Niemand heiratet, wenn er glaubt, dass das ein Fehler ist. Und das gilt auch für uns.«

»Alberto.«

»Sandra.«

»Danke.«

»Ich danke dir auch.«

FÜNFTE REGEL:
DENKE IMMER MEHRERE ZÜGE ÜBER DEN NÄCHSTEN SCHRITT DEINES GEGNERS HINAUS

25.

Wenige Tage später tat ich, was jeder getan hätte: Ich machte mich auf die Suche nach Camilla. Nicht umsonst ist das Internet die größte Erfindung der letzten fünfzig Jahre.

Im Nu stieß ich auf einen französischen Onlineartikel. Darin stand, dass die berühmte Ballerina Camilla Sensini am renommierten Conservatoire national supérieur de musique et de danse in Paris unterrichten werde. Schon beim Lesen ihres Namens zuckte ich zusammen. Der Artikel war relativ aktuell, sodass sie bestimmt noch dort arbeitete. Ich lud die Stundenpläne herunter und kaufte mir eine Zugfahrkarte nach Paris. Dann recherchierte ich weiter, weil ich wissen wollte, wie DJ Davide aussah.

Ich schaute mir aktuelle Fotos auf seiner privaten Webseite und der seines Radiosenders an. Er hatte dunkle, etwas längere Haare und ein sympathisches Lächeln, war ein durchaus gut aussehender Typ. Keine Ahnung, was ich davon halten sollte.

Als ich am nächsten Tag ins Auto stieg, ließ ich das Radio aus. Ich brauchte noch ein paar Tage, um mich an die Vorstellung zu gewöhnen, jeden Morgen die warme, sinnliche Stimme des Liebhabers meiner Frau im Ohr zu haben.

Im Büro kündigte ich an, mir ab Donnerstag ein paar Tage freinehmen zu wollen. Ja, genau, schon ab diesem Donnerstag.

Sonst war alles so wie immer. Matteo hatte seine Schulprobleme größtenteils überwunden und gelernt, sich mit der neuen Lehrerin zu verständigen. Außerdem hatte er Freunde gefunden, die ihm beim Mitschreiben und auch sonst halfen.

Am Mittwochabend bestieg ich den Zug nach Paris, erste Klasse, Schlafwagen. Ich freute mich riesig, war aber auch nervös. Sandra wusste Bescheid, darüber brauchte ich mir also keine Sorgen zu machen. Aber die Vorstellung, Camilla wiederzusehen, machte mich unruhig. Während ich mich in den Schlaf wiegen ließ, fragte ich mich, ob es nicht schon zu spät war. Ob die Liebe nicht ein Verfallsdatum hatte, genau wie Kekse. Oder wie die Ehe.

Am Gare de Lyon nahm ich ein Taxi und ließ mich zum Hotel bringen. Als Erstes sprang ich unter die Dusche, um mir den metallischen Zuggeruch abzuwaschen, dann schlief ich noch ein wenig. Schließlich ging ich nach unten in die Lobby und bat den Portier, mir zwei Plätze im besten Lokal von ganz Paris zu reservieren – in dem, das er aussuchen würde, wenn er mit seiner Liebsten etwas Wichtiges zu feiern hätte.

»Le Temps des Cerises«, sagte er.

Ich aß einen *salade de chèvre* und fand mich um Punkt drei vor der Akademie ein, an der Camilla unterrichtete.

Ich erkannte sie schon von Weitem, denn sie war einfach einzigartig: allein die Art, wie sie die Füße aufsetzte, wie ihre Locken wippten! Ich hätte sie unter Tausenden wiedererkannt. Je näher sie kam, desto nervöser wurde ich. Als sich unsere Blicke trafen und sie überrascht innehielt, verschlug es mir förmlich den Atem. Dann sah ich, wie sie strahlend auf mich zurannte, leichtfüßig und grazil. Kurz darauf schlang sie ihre Arme um meinen Nacken, und ich hatte ihr Parfüm in der Nase und ihre Locken im Mund. Ich bekam weiche Knie.

Damals wie heute:
Camilla und ich.
Ich und Camilla.

Ich drückte sie so fest an mich, dass sie sich vom Boden löste.

»Und ich hatte die Hoffnung fast aufgegeben! Wie konntest du nur so lange warten?« Ihr Lächeln ging mir durch Mark und Bein, und ich konnte nur beten, dass sie mich nie mehr losließ.

Camilla nahm sich den Nachmittag frei, und wir gingen Hand in Hand spazieren wie ein junges Liebespaar, so als hätten wir uns nie getrennt. Sie stellte mir keinerlei Fragen, verlangte keine Erklärung. Ob ich inzwischen frei war oder sie nur heimlich traf, schien ihr egal zu sein.

Wir bestiegen ein Ausflugsboot, saßen einfach nur eng umschlungen da und sprachen kein Wort. Camilla wollte nicht mal wissen, wie lange ich bleiben würde.

Ich dachte an das, was Sandra mir gesagt hatte, nämlich dass ihr das alles nie passiert wäre, wenn sie nicht so ein verzweifeltes Liebesbedürfnis gehabt hätte. Doch was, wenn es Camilla da anders ging?

Als wir das kleine Restaurant betraten, fragte ich, ob sie schon mal hier gewesen sei, doch sie schüttelte nur den Kopf, als interessierte sie sich nicht besonders für gutes Essen. Erst als sie sah, dass die weißen Tischdecken mit kleinen Kirschen bestickt und die Teller und Gläser rot waren, strahlte sie wie ein kleines Kind. Der ganze Raum wurde ausschließlich von Kerzen erhellt, die eine intime Atmosphäre schufen.

»Meine Frau liebt einen anderen.«

»Das tut mir leid.«

»Wirklich?«

»Nein, ich freue mich, dass sie geschafft hat, was mir nie gelungen ist. Aber Spaß beiseite, es tut mir wirklich leid. Bist du deswegen hier?«

»Das auch. Aber ich habe nie aufgehört, an dich zu denken und ein schlechtes Gewissen zu haben. Anscheinend wurden meine Gebete erhört.«

Wir liebten uns die ganze Nacht und schliefen Arm in Arm ein. Am nächsten Morgen bestellte ich uns Frühstück aufs Zimmer, und wir fielen wie ausgehungert über den Kaffee und die Croissants her. Licht drang durchs Fenster, und bei der Vorstellung, bald abreisen zu müssen, gab es mir einen Stich.

»In einigen Wochen begleite ich Schülerinnen auf einen Tanzworkshop nach Marseille. Wie wär's, wenn wir uns dort treffen?«

Ich musste nicht das Geringste erklären: Camilla hatte auch so verstanden.

»Reicht dir das denn?«, fragte ich.

»Nein, Alberto. Aber hier herumsitzen und warten, bis du dich vielleicht mal für mich entscheidest, ist noch schlimmer. Da betrachte ich dich lieber nur als gelegentlichen Liebhaber. Trotzdem kann ich unser nächstes Treffen kaum erwarten. Ich bin schließlich auch nur ein Mensch.«

Unsere Beziehung trat in eine neue Phase, die ich so nie vorausgesehen hätte. Nach Marseille trafen wir uns in Sestriere, um ein Wochenende in den Bergen zu verbringen, schafften es jedoch nur bis ins Hotelzimmer direkt am Bahnhof.

Was, wenn man erwachsen wird, aber emotional auf der Stufe eines Kindes stehen bleibt? Dann leidet man am Peter-Pan-

Syndrom und ist unfähig, Verantwortung zu übernehmen. Sowohl Männer als auch Frauen können davon betroffen sein.

Die ganze Situation hatte etwas extrem Künstliches: Ich stieg aus dem Zug und eilte sofort zum Hotel – immer in der Hoffnung, dass der Schlüssel fehlen und Camilla bereits da sein würde. Wir waren wochenlang getrennt, und wenn wir uns sahen, dann nur für wenige Tage. Einfach war das nicht. »Was machen wir hier eigentlich, Camilla?«, fragte ich sie eines Abends, als wir uns in einem Hotel in Nizza trafen.

»Wir leben unser Leben.«

»Was für ein Leben, Camilla?«

Ich wusste nicht, wie ernst sie unsere Beziehung nahm. Ich wusste so gut wie nichts von ihr oder ihrem Privatleben. Ich redete mir ein, dass sie nur mir gehörte, alles andere hätte ich nicht ausgehalten. Die Vorstellung, sie ein drittes Mal zu verlieren, brachte mich fast um den Verstand, und ich wollte unbedingt von ihr hören, dass ich der Einzige war.

Doch was, wenn das gar nicht stimmte? Woran sollte ich mich dann klammern?

Jedes Mal, wenn ich die Ungewissheit gar nicht mehr aushielt, nahm ich sie so brutal, als wäre sie nur ein One-Night-Stand.

Eines Tages konnte ich einfach nicht mehr.

»Wieso sagst du nie was? Macht dir das etwa Spaß? Du behandelst mich wie einen x-beliebigen Kerl, so als wäre ich nicht weiter wichtig. Aber ich liebe dich, Camilla, und das ist mein voller Ernst!«

Daraufhin starrte sie mich wütend an. So hatte ich sie noch nie gesehen.

»Was willst du denn hören, Alberto? Dass ich mit dir zusammenziehen, deine Hemden bügeln, dir das Abendessen kochen, mit dir spazieren gehen, dich vom Büro abholen, dich zum Milchholen schicken, deine Kinder kennenlernen und vor allen ›Schatz‹ genannt werden will? Und, reicht dir das, oder willst du noch mehr hören? Ich würde mir nämlich liebend gern jeden Morgen neben dir die Zähne putzen. Dir das Handtuch reichen, wenn du aus der Dusche kommst. Mit dir ins Theater oder ins Konzert gehen. Wissen, was du von meinem neuen Outfit oder meiner neuen Frisur hältst, ob du Sorgen hast oder nur erschöpft bist. Ja, ich würde mich sogar liebend gerne mit dir langweilen! Ehrlich gesagt, könnte ich diese Aufzählung endlos fortsetzen!«

Schweigen. Während mir das Herz bis zum Hals schlug, schüttelte sie nur den Kopf und biss sich auf die Lippen.

»Was soll ich deiner Meinung nach sagen? Ich bekomme, was ich verdiene, schließlich bin *ich* vor allem davongelaufen und habe jetzt weder eine Familie noch Kinder. Manchmal werden mir die Sonntage so lang, dass ich Angst habe durchzudrehen. Im Grunde hält mich hier nichts mehr, trotzdem bleibe ich. Aus dem Mädchen, das von einem Leben als Tänzerin geträumt hat und vor den Schlägen ihres Vaters geflohen ist, ist eine Frau geworden, die Applaus und viele Komplimente bekommen hat, aber auch mitansehen musste, wie ein Licht nach dem anderen ausging. Bis auf deines. Aus irgendeinem Grund habe ich dich nie vergessen können. Deshalb bin ich nach Italien zurückgekehrt – ganz einfach weil ich nicht wusste, wo ich sonst hin soll. So, jetzt weißt du hoffentlich Bescheid.«

»Ich bin doch nur ein Vorwand, den Koffer nicht wieder zumachen zu müssen.«

Liebe ist etwas sehr Zerbrechliches, vor allem duldet sie nichts neben sich, denn das kann sie unmöglich verzeihen. Es stimmt einfach nicht, dass es egal ist, wo der Geliebte gerade ist, was er sagt oder tut. Es stimmt auch nicht, dass kleine Liebesfluchten genügen. Liebe ist ein Atemzug, der uns den Atem raubt; ein Name, den wir immer wieder laut vor uns hersagen müssen; Regen und Sonnenschein, ein Grundrauschen, das wir nicht zum Schweigen bringen können, ein Triumphzug. Oder aber etwas, das wir kaum noch wiedererkennen, das uns das Herz zerreißt oder einfach nur quält. Aber so groß unsere Leidenschaft auch sein mag, sosehr sie unsere Vernunft zum Schweigen bringt: Liebe ist immer auch eine Entscheidung. Manchmal vielleicht die falsche.

SECHSTE REGEL: MANCHMAL MUSS MAN EINE FIGUR OPFERN, UM DIE PARTIE ZU RETTEN

26.

Es wurde Sommer, und Matteo sollte das erste Mal ohne uns verreisen. Die Schule für Musiktherapie, Ergänzungs- und Gebärdensprachunterricht hatte ein zehntägiges Ferienlager organisiert – einen Kurzurlaub mit Sozialpädagogen und einem Programm, das mich an meine früheren Pfadfinderlager erinnerte. Die Kinder würden lernen, ein Zelt aufzubauen, im Freien zu schlafen, Feuer zu machen und Fische zu fangen. Matteo war ganz aus dem Häuschen und redete schon seit Monaten von nichts anderem mehr. Immer wenn das Gespräch darauf kam, brach Sandra in Tränen aus. Sie hatte zwar das Teilnahmeformular unterschrieben, bereute es jedoch anschließend sofort, weil sie solche Angst um ihr Kind hatte. Aber zum Glück fuhr Davides Sohn auch mit, was für uns alle eine große Erleichterung war. Sandra war beruhigt, weil es so eine Person mehr gab, die Matteo im Notfall helfen würde. Und ich, weil ich Camilla in Paris besuchen konnte. Schließlich hatte Sandra auch vor, ein paar Tage zu verreisen, zusammen mit Davide.

»Du kannst gern zu Camilla fahren, aber bitte lass dein Handy rund um die Uhr an. Wenn irgendwas passiert, musst du sofort zurückkommen!«

»Beruhige dich, du tust ja so, als würde dein Sohn in den Krieg ziehen. Ihm wird schon nichts passieren, stattdessen wird er sich schwer amüsieren! Versuch, gelassen zu bleiben, damit dein armer Freund dich nicht gleich wieder genervt nach Hause schickt.«

Daraufhin mussten wir beide lachen, und sie packte kopfschüttelnd Matteos Koffer fertig.

Nichts ist absolut richtig oder absolut falsch.

Als ich aus Paris zurückkam, geschah etwas Seltsames: Ich war allein. Nachdem ich die Tür aufgeschlossen hatte, empfing mich nichts als Stille. Weder das übliche Küchengeklapper noch Matteos gutturale Stimme und auch nicht Alis Kichern beim Telefonieren mit den Freundinnen.

Die Wohnung war leer. War das die Antwort auf meine Fragen? Bedeutete das, dass ich alleine bleiben, das fünfte Rad am Wagen, ja nur ein geduldeter Gast sein würde? Um das unangenehme Gefühl loszuwerden, machte ich mir ein schönes, kaltes Bier auf. Es war ein heißer Tag, bestimmt war Sandra mit ihrem Freund am Meer. Matteo würde erst am nächsten Tag zurückkommen, und Alice bereitete sich gerade mit Freunden aufs mündliche Abitur vor. Ich warf einen Blick in ihr Zimmer und sah mir ihre Schätze an, die Fotos, die sie als kleines Kind zeigten, die Brettspiele auf dem Schrank und ihre vielen Bücher.

Ich dachte an den warmen Junitag zurück, an dem sie geboren worden war. Sandra war bei ihren Eltern gewesen, weil sie fest davon überzeugt war, dass das Kind früher kommen würde. Die mussten sich verrechnet haben, sie spürte das! Gegen Mittag setzten tatsächlich die Wehen ein, und mein Schwiegervater fuhr sie ins Krankenhaus, während meine Schwiegermutter mich unter der Nummer anrief, die sie ganz vorne in ihrem Adressbuch notiert hatte. Natürlich blieb ich im Stau stecken, so wie sich das für einen Vater in spe gehört. Beinahe wäre ich zu spät gekommen, aber nur beinahe, denn Alice hatte auf mich gewartet. Nachdem man mich ausstaffiert hatte wie für eine Weltraumexpedition, betrat ich den Kreißsaal und hörte Sandras erschöpfte Schreie.

Ich ging zu ihr, hielt ihre Hand, und kurz darauf schrie auch Alice zum ersten Mal. Mein Herz setzte einen Schlag aus. Tränenüberströmt kniete ich mich neben Sandra, stammelte »Danke« und küsste sie. Was sie da gerade vollbracht hatte, sprengte meine Vorstellungskraft.

Und jetzt, Jahre später, hier im Zimmer meiner Tochter, empfand ich wieder genau dasselbe. Ich setzte mich auf ihr Bett, strich über das Kissen und griff nach dem Foto auf dem Nachttisch. Es zeigte Matteo, der gerade im Wohnzimmer spielte.

Anschließend machte ich den Fernseher und das Radio an, um die Stille zu vertreiben.

Als Matteo zurückkam, erkannten wir ihn kaum wieder, denn er war noch mal ein gutes Stück gewachsen. Es war der zwölfte Juli, sein Geburtstag. Wir warteten auf Alice und gingen dann alle gemeinsam essen.

»Reservier bitte für fünf Personen!«, hatte Ali mich am Telefon gebeten, und ich hatte widerspruchslos gehorcht. So kam es, dass sie uns ihren Freund vorstellte.

»Das ist Andrea«, sagte sie.

»Andrea – der Name war in den Siebzigern schwer in Mode«, bemerkte ich. Die Vorstellung, dass meine Tochter einen Freund hatte, machte mir nach wie vor ganz schön zu schaffen.

»Papa!«, gab Alice zurück. »Sei nicht so unhöflich. Ich habe nur Gutes von dir erzählt, also bitte blamier mich jetzt nicht!«

»Das war doch nur eine Feststellung. Wie dem auch sei, es freut uns sehr, dich an Matteos Geburtstag dabeihaben zu dürfen.«

Der Junge, der bestimmt nicht einmal halb so alt war wie ich, gab mir die Hand. Er hatte einen kräftigen Händedruck, und das war mir auf Anhieb sympathisch.

Noch während des Essens verkündete Sandra: »Ich habe gute Nachrichten. Ein Verleger, für den ich früher gearbeitet habe, hat sich wieder bei mir gemeldet. Er möchte, dass ich ein paar wichtige Projekte übernehme. Hoffentlich bin ich nach all der Zeit nicht zu sehr eingerostet!«

»Was meint ihr, Kinder? Macht eure Mutter etwa einen eingerosteten Eindruck?« Ich prostete ihr zu.

»Mama ist super!«, riefen beide im Chor.

Nur der arme Andrea setzte einen Tick zu spät ein, und ich musste grinsen.

Während wir zum Auto gingen, bestürmten Alice und Matteo Sandra mit neugierigen Fragen zu ihrem Job, während Andrea versuchte, mit mir Konversation zu machen.

»Alice ist ein tolles Mädchen.«

»Ja, genau – vergiss das bitte nie!«

»Sie sind ihr großes Vorbild, und da kann ich natürlich nur schwer mithalten.« Bei diesen Worten waren sämtliche Vorbehalte wie weggeblasen. Nahm sich Alice tatsächlich ein Beispiel an mir? Ja schlimmer noch, sah sie mich als Vorbild? Ich legte Andrea die Hand auf die Schulter und verkündete, Alice habe eine ausgezeichnete Wahl getroffen.

Ansonsten verlief der Sommer unspektakulär. Sandra, Matteo und die Großeltern fuhren für ein paar Tage aufs Land, während ich zu Hause blieb und arbeitete und Alice fürs Abitur lernte. Danach fuhren wir alle zusammen ans Meer. Alice bat uns, Ende August mit Andrea Campingurlaub machen zu dürfen. Als es so weit war, reagierte Matteo extrem gereizt.

Auf einmal war er unausstehlich.

Sandra und ich wussten gar nicht, wie uns geschah. Man konnte kaum noch mit ihm reden. Er gab Widerworte, weigerte sich zu essen, was auf den Tisch kam, und wenn man ihn zurechtwies, warf er mit Gegenständen um sich.

»Ist das wirklich schon die Pubertät? In seinem Alter? Alice hat man fast gar nichts angemerkt!«

»Vielleicht, weil wir damals so mit Matteo beschäftigt waren.«

»Meinst du, er hat was gemerkt?«

»Keine Ahnung, aber das glaube ich eigentlich nicht.«

Eines Tages erkundigte sich Alice am Telefon nach ihrem Bruder.

»Es geht ihm gut, wieso fragst du?«, sagte ich.

»Weil ich ihm bestimmt schon zehn SMS geschrieben habe, und er hat keine einzige davon beantwortet.«

Plötzlich war uns alles klar: Alis Freund, der gemeinsame Urlaub der beiden, machte nicht nur mir zu schaffen.

»Sag dem unverschämten Kerl, dass er sofort zurückschreiben soll!«, schimpfte meine Tochter.

»Er ist schon die ganze Woche so komisch, aber ich glaube, ich weiß jetzt, warum. Er ist eifersüchtig auf Andrea.«

»Ich komm sofort nach Hause.«

»Nein, Ali, lass das, Mama und ich kriegen das schon hin. Du wirst schließlich nicht immer bei uns bleiben«, sagte ich wehmütig. »Du musst auch mal an dich denken. Amüsier dich gefälligst!«

An diesem Abend versuchten Sandra und ich, mit Matteo über das Thema Liebe zu reden.

»A-li mag mich nicht mehr!« Er sprach ungewöhnlich stockend.

»Natürlich mag sie dich! Alice liebt dich wirklich über alles.« Ich betonte jede Silbe und sah ihm fest in die Augen.

»Wa-rum ist sie dann nicht bei mir?«, fragte er wütend.

»Sie macht nur Urlaub mit Andrea. Aber sie hat dich lieb und wird immer für dich da sein. Obwohl du auch prima alleine klarkommst«, sagte Sandra.

»Wenn man erwachsen wird, mein Schatz, zieht man irgendwann aus. Auch du wirst einmal eine eigene Wohnung, ein eigenes Leben haben.« Matteo starrte auf meine Hände, mit denen ich versuchte, mich verständlich zu machen.

»Bleibt-ihr-im-mer-bei-mir?«

Noch bevor ich etwas Falsches sagen konnte, schaltete sich Sandra ein. Sie stellte sich direkt vor ihn hin, damit er ihr von den Lippen lesen konnte, und sagte: »Wir werden immer eine Familie sein. Wir sind unzertrennlich, auch wenn wir irgendwann in verschiedenen Wohnungen wohnen werden. Wir können uns aufeinander verlassen! Egal, was passiert, wir werden nie alleine sein.«

Ich küsste meine Frau auf den Scheitel. Matteo nickte langsam und griff dann zum Handy, um seiner Schwester zu schreiben.

»Es ist einfach nicht richtig, Alberto.«

»Was?«

»Dass wir uns scheiden lassen. Matteo ist noch nicht so weit.«

»Glaubst du, es hilft ihm, wenn wir ihm ständig was vormachen? Alice hätte glatt ihren Urlaub abgebrochen, aber nicht sie muss lernen, selbstständig zu werden!«

»*Du* hast mich doch gebeten, noch zu warten!«

»Ja, aber nur, weil du noch nicht so weit bist. Glaub mir, ich weiß das, ich habe das schließlich selbst durchgemacht.

Egal, wie groß deine Liebe zu diesem Mann ist, egal, wie innig eure Beziehung, du würdest das nicht packen. Keine Ahnung, ob das so richtig ist. Vielleicht hast du recht, und wir sollten unseren Kindern beichten, dass wir auch nur Menschen mit Fehlern und Schwächen sind. Aber dafür ist es noch zu früh. Es stimmt, ich habe dich tatsächlich um etwas mehr Zeit gebeten – *deinetwegen.* Ich hätte auch gern mehr Zeit gehabt, aber es ist anders gekommen. Trotzdem wart ihr immer das Wichtigste für mich, ich wollte euch um jeden Preis beschützen.«

Irgendwann kehrte Alice zurück und mit ihr auch Matteos Lächeln. Er versuchte, einen neuen Freund in Andrea zu sehen, und bewies, dass er anpassungsfähiger war als ich.

Außerdem würde er bald auf eine normale Schule wechseln.

Auch das hatten wir ausschließlich Alice zu verdanken.

»Glaubst du nicht, das könnte ihn überfordern?«

»Nein!«, hatte sie stur wiederholt.

»Aber überleg doch mal, Ali.«

»Was soll ich da groß überlegen? Mein Bruder spricht zwei Sprachen und kann von den Lippen lesen, was nur die wenigsten schaffen. Er kennt sämtliche Hauptstädte dieser Welt und ist ein Mathe- und Schachgenie. Reicht euch das etwa immer noch nicht? Ich habe mir bestimmt nicht all die Jahre den Arsch aufgerissen, damit ihr ihn jetzt behandelt, als wäre er zurückgeblieben! Wenn ihr ihn nicht an einer normalen Schule anmeldet, zeig ich euch an!«

Uns fehlten die Worte. Sandra warf mir einen flehenden Blick zu, aber ich musste Alice recht geben. Matteo würde es schaffen, und wenn nicht, würde seine Schwester ihm helfen. Sandra war wie gelähmt.

»Und wenn er scheitert?«, sagte sie leise.

»Wieso sollte er? Hört endlich auf, ein ewiges Sorgenkind in ihm zu sehen! Er weiß schon, was er tun muss – ganz im Gegensatz zu euch, die ihr ihm bloß ständig was vormacht!«

»Alice!«

»Mensch, Mama!«, schrie unsere Tochter verächtlich. »Ich bin schließlich nicht blöd!«

Sandra verstummte.

Es wurde Winter, und ich verbrachte mehrere romantische Wochenenden in Paris. Im Februar fasste ich mir schließlich ein Herz und fragte Camilla: »Könntest du dir vorstellen, nach Italien zurückzukehren?«

»Keine Ahnung. Wie du weißt, habe ich das schon mal versucht.«

»Diesmal ist es anders. Wir könnten zusammenziehen, du könntest wieder an deiner früheren Schule unterrichten.« Sie war wie abwesend, sagte nichts darauf. »Tu mir den Gefallen, Camilla, denk darüber nach, ich flehe dich an! Ich kann meine Familie nicht im Stich lassen, aber diesmal wäre es wirklich anders. Ich möchte nicht ohne dich leben.«

Obwohl wir Kummer gewohnt sind und unsere Erwartungen oft enttäuscht werden, vertrauen wir darauf, dass irgendwann alles gut wird.

Auf meinen Rückfahrten von Paris malte ich mir unser neues Leben in den schönsten Farben aus. Alles schien möglich: Matteo wurde größer, Sandra und ich kamen bestens miteinander aus, und Alice hatte ihren Freund. Ich stellte mir eine glückliche Patchworkfamilie vor, bestehend aus Sandra und ihrem neuen Mann, Camilla und mir, Matteo, Alice und Andrea.

Aber was, wenn unser Sohn dadurch in seiner Entwicklung gestört würde? Verstießen wir damit nicht gegen die vor Jahren getroffene Vereinbarung, uns für ihn aufzuopfern? Was, wenn wir einen Riesenfehler machten, den unsere Kinder ausbaden mussten? Würden sie uns das jemals verzeihen?

Alles Fragen, die ich nicht beantworten konnte. Andererseits hatte ich am eigenen Leib erlebt, dass sich nun mal nicht alles planen lässt – etwas, das sich an diesem Februartag erneut bewahrheiten sollte.

Als ich die Wohnung betrat, kam Sandra gerade mit einer Art Röhrchen aus dem Bad. Sie sah aus wie ein Gespenst.

»Ich bin schwanger!«

Es war, als hätte ich gerade erfahren, dass ein guter Freund Krebs hatte.

»Aber Sandra …«

Wir waren beide sprachlos. Ich ging auf sie zu und umarmte sie. Ich wollte mir gar nicht erst vorstellen, was ihr in diesem Moment durch den Kopf ging.

»Alberto, ich habe Angst!« Das konnte ich gut verstehen.

»Beruhige dich! Seit wann bist du denn schwanger?«

»Das weiß ich nicht.« Mit kalkweißem Gesicht verschwand sie im Schlafzimmer.

In den nächsten Tagen war sie mal wie gelähmt, dann wieder seltsam verträumt. Ich beschloss, das Thema auf sich beruhen zu lassen, bis sie es freiwillig ansprach.

»Kannst du mir einen Gefallen tun und Matteo abholen? Wir haben um fünf einen Termin beim Frauenarzt.«

»Natürlich«, sagte ich, ohne dieses vielsagende »Wir« zu kommentieren.

Nachdem ich meinen Sohn von der Logopädin abgeholt hatte, ging ich mit ihm Pizza holen, damit Sandra nichts mehr kochen musste.

»Da ist ja Mama!« Matteos Ausruf ließ mich erstarren.

Und tatsächlich ging Sandra in wenigen Metern Entfernung mit gesenktem Kopf an uns vorbei. Sie war allein. Noch bevor ich Matteo davon abhalten konnte, riss er die Wagentür auf und rannte auf sie zu. Kurz darauf zerrte er seine Mutter auf den Rücksitz.

»Wie war's?«, fragte ich, ohne mich zu ihr umzudrehen.

»Ich bin in der sechsten Woche.«

»Und, alles in Ordnung?«

»Sieht ganz so aus.«

»Ist Davide schon weg?«

»Er ist gar nicht erst gekommen. Er hatte einen wichtigen Termin, den er leider nicht verschieben konnte.« Es klang wie auswendig gelernt.

»Beim nächsten Mal wird er dich bestimmt begleiten.«

Schweigen. Später rührte sie ihre Pizza kaum an.

Es gibt zwei Arten von Veränderungen: tatsächliche Veränderungen, die heimlich, still und leise geschehen. Und behauptete Veränderungen. Letztere sind reine Fassade. Kaum kratzt man daran, bleibt nichts mehr davon übrig.

»Er will das Kind nicht.« Sandras Stimme war ganz heiser vom vielen Weinen. Der positive Schwangerschaftstest war schon eine Woche her, und ich konnte mich nicht daran erinnern, dass sie auch nur einen Bissen zu sich genommen hätte.

»Habt ihr in Ruhe über alles geredet? Bestimmt steht er noch unter Schock.«

»Er will kein Kind mehr. Außerdem geht er beruflich nach Rom. Er hat ein Angebot vom öffentlich-rechtlichen Rundfunk bekommen und wird es annehmen.«

»Aber das heißt doch nicht, dass er sich nicht um dich und das Kind …«

»Alberto! Seit er weiß, dass ich schwanger bin, können wir überhaupt nicht mehr miteinander reden. Er will auf keinen Fall noch mal eine Familie gründen.«

»Sandra, ich kann seine Reaktion durchaus verstehen. Gib ihm einfach etwas Zeit. Wetten, er …«

»Er glaubt nicht, dass zwei Menschen, die bereits taube Kinder gezeugt haben, ein gesundes Kind bekommen können. Er findet, das wäre ein Riesenfehler.«

»Was ist denn das für ein Blödsinn? Das denkst du doch hoffentlich nicht auch?«

»So langsam weiß ich gar nicht mehr, was ich denken soll.«

Schluchzend sank Sandra in meine Arme, und ich strich ihr tröstend über den Kopf.

Noch am selben Abend bat ich Alice, mit Matteo einen Hamburger essen zu gehen.

»Mama geht's nicht gut, stimmt's?«, sagte sie.

»Ja, aber das wird schon wieder. Mach dir keine Sorgen, und kümmer dich um deinen Bruder.«

»Zu Befehl! Aber ruf mich bitte an, wenn irgendwas ist!«

Eine ungeheure Zärtlichkeit wallte in mir auf.

»Versprochen!«

Sandra beschloss abzutreiben, und ich konnte mir nichts Traurigeres vorstellen.

»Ich habe keine andere Wahl, Alberto.«

»Hast du dir das wirklich gut überlegt?«

»Alberto!«, rief sie gereizt. »Ich bin dreiundvierzig Jahre alt und erwarte ein Kind von einem Mann, der nichts davon wissen will. Der Einzige, mit dem ich reden kann, ist mein Exmann in spe …«

»Trotzdem, ich finde nicht, dass du in diesem Moment so eine weitreichende Entscheidung treffen solltest.«

»Was soll ich denn sonst tun? Ich bin schließlich nicht allein auf der Welt, Alice und Matteo sind auch noch da. Sie werden an unserer Scheidung genug zu knabbern haben und …«

»Hör auf, unsere Kinder als Beschränkung zu sehen statt als Bereicherung!« So langsam kam ich mir schon vor wie Alice.

»Das ist mein voller Ernst. Ich kann nicht noch ein Kind kriegen, und das ist meine Strafe, weil ich so naiv war, noch an Märchen zu glauben.«

Der Termin für den Eingriff stand fest. In wenigen Wochen würde Sandra abtreiben. Wir gingen uns lieber aus dem Weg, und ich beschloss, vorübergehend in die Wohnung meiner Mutter zu ziehen, brachte schon ein paar Sachen dorthin.

Ich wollte gerade essen gehen, als ich das plötzliche Bedürfnis hatte, Camilla anzurufen.

Ich dachte an Paris, an die Stadt, in der ich so oft gewesen war, ohne sie je richtig kennengelernt zu haben. An die Stadt, die ich hasste, weil sie mir meine Freundin weggenommen hatte. Ich dachte an die Hotels, Restaurants, Bars und Boulevards, die ich nur in Camillas Beisein genießen konnte. An die kalten, kurzen Nächte, in denen sie mich wärmte. An den Schmerz, den nur sie lindern konnte, und an das unglaubliche Glücksgefühl, das in mir aufwallte, wenn sie mich bloß ansah.

Das Telefon klingelte und klingelte. Sie war nicht erreichbar, weder auf dem Festnetz noch auf dem Handy. Ich versuchte es mehrmals hintereinander.

Dann hörte ich endlich ihre Stimme: »Alberto, es tut mir leid, aber ich stehe kurz vor dem Aufbruch.«

»Wohin fährst du?«

»Fort. Aber diesmal für immer.«

»Warte!«, rief ich, doch sie hörte nicht auf mich.

Dann wurde es still in der Leitung.

Ich rief Greta an und bat sie, mir einen Flug nach Paris zu buchen.

»Einen *Flug*?«, wiederholte sie verwirrt.

»Ja, und zwar den nächstmöglichen.«

»Wird gemacht«, sagte sie wenig überzeugt.

Mir wurden die Knie weich, und mein Magen zog sich so schmerzhaft zusammen, dass ich kaum noch Luft bekam. Ich sank zu Boden, starrte an die Decke und begann zu weinen.

Es gibt Schmerzen, die langsam nachlassen. Mit etwas Glück gehen sie sogar ganz weg. Und es gibt Schmerzen, die wirklich wehtun, die einen begleiten wie eine Narbe, ein Splitter oder eine Kugel.

»Ich habe dich über alles geliebt, Camilla!«, schrie ich mit letzter Kraft.

Dann sagte ich Sandra Bescheid und reiste zum ersten Mal mit dem Flugzeug nach Paris. Aber ich sollte zu spät kommen. Camilla war bereits verschwunden – wieder einmal.

27.

Ich habe es immer gehasst zu fliegen. Ich habe Flugzeuge und Flughäfen immer gehasst, und zwar aus einem ganz einfachen Grund: Ich habe Flugangst. Außerdem kann ich Abschiede nicht ausstehen. Ich bekomme schon von Abschiedsszenen Wildfremder Beklemmungen. Vielleicht liegt es auch an der bedrückenden Atmosphäre in diesen kalten, futuristischen Gebäuden. Oder an irgendwelchen Filmszenen, die ich mal gesehen habe. Aber meine Flugangst ist real. Die hatte ich immer schon, und ich bin dankbar, lange vor der Erfindung der Billigflüge geboren worden zu sein.

Nur Camilla und meine Schuldgefühle ihr gegenüber konnten mich dazu bewegen, so eine Höllenmaschine zu besteigen. Und obwohl jetzt alles aus war, musste ich es mit eigenen Augen sehen. Denn wenn alles falsch gewesen war – warum hatte es sich dann so richtig angefühlt?

Ich wusste nur eines, nämlich dass ich fast fünfzig Jahre gebraucht hatte, um zu begreifen, dass man manchmal einfach handeln muss, ganz gleich, welche Konsequenzen es hat.

Der Pariser Flughafen war riesig, deshalb fand ich ihn besonders unangenehm. Ich hatte das Gefühl zu ersticken und rannte zum Ausgang. Dort nahm ich ein Taxi.

Ich ließ mich auf die Rückbank fallen und lehnte den Kopf

an die Scheibe, versuchte mich abzulenken, indem ich nach dem Eiffelturm suchte. War der nicht von überall zu sehen? Anscheinend nicht.

Kaum war ich am Ziel, rannte ich zu Camillas Haustür.

Ich lief bis in den dritten Stock. Vor der zweiten Tür links blieb ich keuchend stehen. Das Herz schlug mir bis zum Hals, und ich hatte nach wie vor eine Riesensehnsucht nach ihr. Ich klingelte. Keine Reaktion. Ich klingelte noch mal und noch mal. Vergeblich. Dass ich mich in der Wohnung geirrt hatte, war ausgeschlossen. Ich trat einen Schritt zurück und sah auf die Uhr. Es war Vormittag, eigentlich hätte sie jetzt zu Hause sein müssen. Dann dachte ich an das Nächstliegende: ein Spaziergang, Erledigungen, Einkäufe. Ich rechnete damit, sie jeden Moment erschöpft und mit Tüten beladen die Treppe hochkommen zu sehen. Ich spähte die Stufen hinunter. Und klingelte erneut.

»*Cherchez-vous quelqu'un?*«

Eine Frau in Blau tauchte hinter mir auf, vermutlich ihre Nachbarin. Lächelnd radebrechte ich auf Französisch: »*Oui, Madame. Je suis un ami de Camilla Sensini.*« Hoffentlich würde ich mir keine weiteren Sätze abringen müssen.

Aber das war auch gar nicht nötig, denn in wenigen Worten, die ich auch in jeder anderen Sprache verstanden hätte, erklärte sie: »*Elle est partie hier. Je ne sais pas où.*«

»Ich spreche übrigens ein bisschen Italienisch«, fügte sie noch hinzu.

Dann zückte sie den Schlüsselbund und sperrte die Wohnung auf. Ein Lichtstrahl erfasste mich. Camillas Abwesenheit war sofort spürbar. Ich machte einen Schritt in den Flur, aber nur weil ich es immer noch nicht fassen konnte. Ich suchte nach etwas, das ihr gehörte, nach etwas, ohne das sie nicht leben konnte, sodass sie einfach zurückkommen *musste*. Aber es gab nichts, was ihr so wichtig gewesen wäre. Nicht einmal ich.

Ein Satz fiel mir ein: *Ich habe den Koffer bereits zugemacht*. Und so war es auch.

Ich bedankte mich bei der Frau und ging zur Treppe.

»Warten Sie, Monsieur!«

Ein kurzer Hoffnungsschimmer glomm in mir auf.

»Alberto?«

»Ja, das bin ich.«

»*J'ai trouvé* … wie sagt man noch gleich? Ich habe das hier gefunden.« Sie reichte mir einen kleinen verblichenen Zettel, und ich erkannte die Schrift sofort wieder. Es war meine Handschrift von vor fast dreißig Jahren.

Ich, der Unterzeichnende Alberto Mainardi,
geboren in Genua am 04. 03. 1965, wohnhaft in der Via dei
Glicini 8 in Genua, Tel. 010/5 759 043, erkläre hiermit,
dass du, Camilla Sensini, mich nie verlieren wirst.

Da konnte ich die Tränen nicht länger zurückhalten.

»Haben Sie sie schon länger nicht mehr gesehen?«

»Es geht so«, erwiderte ich.

»*Mais* Sie sind sehr befreundet, *n'est-ce pas*?«

»Befreundet? Eigentlich habe ich immer gedacht, dass ich sie über alles liebe. Aber jetzt …« Mir fehlten die Worte, um den Satz zu beenden, und ich sollte auch sonst keine finden.

»*Je crois que* Camilla Sie auch liebt.«

Keine Ahnung, ob sie das nur aus Höflichkeit sagte.

»Sie spricht ständig von Ihnen.«

Kein Wunder, dass sie fortgelaufen ist. Ich kam mir vor wie der letzte Idiot. Da war ich nun in einer Stadt, die ich bloß oberflächlich kannte und in der ich mich, wie auch sonst im Leben, nur zurechtfand, wenn mich jemand an die Hand nahm. Ich setzte mich in ein Café, um mich auszuruhen. Camilla hatte das getan, was sie am besten konnte, nämlich spurlos verschwinden. Vielleicht würde sie eines Tages zurückkehren und sich erneut wünschen, nicht erwachsen werden zu müssen? Aber wie war ich bloß in diese Situation geraten? Ich hätte nach ihr suchen, ihr hinterherreisen, wenigstens einmal etwas richtig machen können. Andererseits: Hätte Alice uns damals nicht gesehen, hätte ich nie den Mut aufgebracht, meiner Familie die Wahrheit zu sagen. Ich dachte an all die Nächte zurück, in denen ich mich um Matteo gesorgt, an all die Male, die ich das Gefühl gehabt hatte, der Situation nicht gewachsen zu sein. Daran, wie oft ich am liebsten einfach abgehauen wäre. Denn solch nagende Ängste machen irgendwann jede Beziehung kaputt.

Ich dachte an die tapfere, sich stets vorbildlich verhaltende Sandra. Daran, was wohl aus uns geworden wäre, wenn Alice mich nicht ertappt hätte. Ich dachte an ihren Gesichtsausdruck, als sie gesehen hatte, wie ich Camilla küsste. Und dann an Matteo, der bald an einem nationalen Schachturnier teilnehmen würde. Da begriff ich, dass ich schon immer das schwächste Glied in der Kette gewesen war. Ich verließ das Café mit dem festen Vorsatz, endlich das Richtige zu tun. Schließlich gab es trotz aller Probleme immer noch eine Familie, die gerettet werden konnte.

Es ist alles eine Frage der Erwartungshaltung: Sich etwas zu wünschen heißt, etwas zu erwarten. Dabei sind es die völlig unvorhergesehenen Dinge, die uns wirklich weiterbringen.

Die Sonne ging gerade unter, als ich tat, was *ich* am besten konnte: Ich rief meine Frau an.

»Ich habe solche Angst …«

»Ich weiß«, hätte ich am liebsten gesagt, denn es gab Facetten an ihr, die ich in- und auswendig kannte. Doch jetzt wollte ich auch die anderen kennenlernen.

»Tu's nicht.«

»Aber, Alberto …«

»Wir sollten noch mal über alles reden.« Eine kurze Pause entstand, dann flüsterte ich: »Du bist immer noch meine Frau, und ich lasse dich nicht im Stich.«

»Und was sollen wir den Kindern sagen? Wie sollen wir das anstellen? Außerdem möchte ich nicht, dass du dich verpflichtet fühlst …«

»Morgen früh bin ich wieder zu Hause, und dann …« Mit einer Hartnäckigkeit, die ich mir von Alice abgeschaut hatte, sagte ich: »Matteo wird ein toller großer Bruder sein. Und wenn du nichts dagegen hast, werde ich ebenfalls für das Kind da sein.« Um dann mit tränenerstickter Stimme hinzuzufügen: »Eine echte Familie erkennt man an ihren Taten.«

»Alberto?«

»Was denn?«

»Danke.«

Mehr musste ich gar nicht wissen.

Auf dem Rückflug lehnte ich mich in meinem Sitz zurück und versuchte, die Ruhe zu bewahren. Ich dachte an Matteo, daran, wie Sandra ihn den Krankenschwestern entrissen hatte, nur wenige Minuten bevor ihm das Hörimplantat eingesetzt worden wäre. Ich dachte daran zurück, wie verzweifelt wir gewesen waren, als uns der Arzt prophezeit hatte, wir würden das noch bitter bereuen. Doch am Ende hatten *wir* recht behalten. Vielleicht weil Matteos Diagnose zu pessimistisch gewesen war. Weil sich sein Gehör durch das viele Training verbessert hatte.

Aber vielleicht auch weil wir ganz einfach das Richtige getan hatten.

Bei der Landung merkte ich, dass ich den Zettel, den ich in einem anderen Leben für Camilla geschrieben hatte, den ganzen Flug über fest umklammert hatte.

Bevor ich ein Taxi nahm, knüllte ich ihn zusammen und warf ihn weg. Erst dann ließ ich mich nach Hause fahren. Es war früher Morgen und das Licht noch weich, als ich hörte, wie sich DJ Davide wehmütig von seinen treuen Hörern verabschiedete.

Ich tippte dem Taxifahrer auf die Schulter und nannte ihm eine neue Adresse. Bald darauf stand ich vor einem riesigen Wolkenkratzer. Ich betrat die Lobby, folgte den Schildern und wartete auf den Lift. Im dritten Stock stieg ich aus und wandte mich seelenruhig nach links. Ich kam an einem Raum mit Kaffeemaschine und Wasserspender vorbei und traf auf eine junge Frau mit Aktenordnern unterm Arm. »Entschuldigen Sie, aber wo ist bitte das Aufnahmestudio?«

»Welches? Und darf ich wissen, wer Sie eigentlich sind?«

»Ich bin ein Freund von Davide. Er hat versprochen, mir seinen Arbeitsplatz zu zeigen, bevor er den Sender verlässt.«

Dass ich gut lügen kann, habe ich, glaube ich, schon erwähnt.

»Ach so, das ist die dritte Tür rechts, die große!«, erwiderte sie. Sie schien es eilig zu haben, deshalb hielt ich ihr die Tür auf und bedankte mich mit einem Lächeln.

Ich folgte ihrer Wegbeschreibung. Vor einer großen Glastür, über der ein rotes Lämpchen leuchtete, blieb ich stehen. Das bedeutete bestimmt »Betreten verboten«, doch ich ignorierte das Signal und ging schnurstracks auf den Mann mit dem Kopfhörer zu, der seinen Hörern gerade den Morgen versüßte.

»Ich bin Alberto, Sandras Mann.« Und zum ersten Mal in meinem Leben schlug ich jemandem mit der Faust mitten ins Gesicht. Der Kopfhörer fiel zu Boden, und DJ Davide schrie erschreckt auf. Auf der anderen Seite der Glasscheibe griffen mehrere Leute zum Telefon – vermutlich um die Polizei zu rufen.

Davides Lippe blutete, und zwei Personen stürmten herein, um mich zu überwältigen.

Ich wirbelte herum, griff nach dem immer noch angeschalteten Mikrofon, sah meinem Rivalen in die Augen und sagte: »Lass mich hier raus, sonst erzähle ich allen, was für ein erbärmliches Arschloch du bist.« Auf dem Weg zur Tür fügte ich noch hinzu: »Und glaub bloß nicht, dass wir dich groß vermissen werden!«

Ich schloss die Haustür auf, und in Matteos Blick standen tausend stumme Fragen. Er musterte die mit meinen Habseligkeiten gefüllten Kartons, die ich bereits in den Flur gestellt hatte.

Dann fragte er, wo ich damit hinwolle. Ob er mir helfen solle, sie in den Keller zu tragen. Darauf hätte sich so einiges sagen lassen, aber für die einzig wahre Antwort fehlte mir der Mut. Deshalb sagte ich lächelnd, ohne die Hände zu Hilfe zu nehmen, weil sie so zitterten: »Ich will dir mal was verraten, Matteo, eine Regel, die noch sehr wichtig für dich sein wird. Egal, vor welche Entscheidung das Leben dich stellt: Beschließ nichts, ohne vorher gründlich Ordnung zu machen – in deinem Kopf, aber auch in deiner unmittelbaren Umgebung. Das wird dir helfen, die Dinge klarer zu sehen.«

»Das sagt die Mama auch immer. Hast du Lust auf eine Cola, Papa?«

Wieder hatte ich das Gefühl, dass er größer geworden war. »Klar.«

Alles lässt sich ordnen, Zahlen genauso wie Buchstaben, Worte wie Namen. Ordnung machen heißt sortieren, aber auch eine Wahl treffen, sich entscheiden.

LETZTE REGEL:
DER KÖNIG STIRBT NIE,
ER GIBT SICH NUR GESCHLAGEN

28.

Unsichtbare Fäden schienen uns irgendwie zusammenzuhalten. Sie verhinderten, dass uns die Ereignisse auseinanderrissen. Aber eine Familie ist eben so viel mehr als die Summe ihrer Teile: Eine Familie ist ein hochempfindliches, schützenswertes Gebilde, wie ich heute weiß.

Wir lebten unter einem Dach, ohne uns wirklich nahezukommen. Wir zwangen uns, nett zueinander zu sein, machten die Zimmertüren hinter uns zu und betraten das Bad nicht, ohne vorher anzuklopfen. Fehlte nur noch, dass wir unsere Ausgaben strikt trennten.

Bis du eines Tages riefst, Sandra: »Das Baby bewegt sich, los, kommt her!« Da waren wir nicht mehr zu bremsen. Alice zerrte ihren Bruder hinter sich her, und wir legten die Hände auf deinen Bauch. Tränen liefen dir übers Gesicht, und Matteo rief laut lachend: »Es will uns kennenlernen!«

Damit war der Bann gebrochen, und wir umarmten uns überschwänglich.

Eines Tages fiel es mir wie Schuppen von den Augen.

Du warst gerade in der Küche, um die kleine Marta zu füttern, als Matteo dich bat, seine Hausaufgaben zu kontrollieren. Alice reagierte sofort und griff zum Heft ihres Bruders, während ich dir den Löffel aus der Hand nahm.

In diesem Moment begriff ich, dass es ein ganzes Team brauchte, um dich zu ersetzen.

Du sahst uns nur an, standest dann auf und sagtest: »Ja, wenn das so ist, lasse ich mir jetzt ein schönes heißes Bad ein.« Wie gern wäre ich mitgekommen!

Kurz nach Martas Geburt las ich in irgendeiner Zeitschrift: »Wie sehr man jemanden wirklich liebt, merkt man erst, wenn man sich vorstellt, er wäre auf einmal nicht mehr da.« Bei diesem Gedanken stürzte ich ins Bodenlose, denn mir gab nur einer Halt: du, Sandra! Doch was, wenn dir das anders ging? Bei der Vorstellung bekam ich keine Luft mehr.

Eines Abends bekamst du einen Anruf. Du gingst aus der Küche, und ich drehte den Fernseher leiser, weil ich unbedingt wissen wollte, ob *er* dran war. Als du zurückkamst, wusste ich Bescheid.

In deinem Gesicht stand grenzenlose Wehmut, und ich empfand grenzenlose Angst.

Was, wenn er zurückkam? Wenn es ihm leidtat und er es noch mal versuchen wollte? Was, wenn er im Gegensatz zu mir die richtigen Worte gefunden hatte?

Ich schloss mich im Bad ein und tat etwas höchst Ungewöhnliches: Ich überlegte, wie wohl mein Vater in dieser Situation reagiert hätte. Ich weinte wie ein kleines Kind, denn zum ersten Mal hatte ich das Bedürfnis, ihn um Rat zu fragen, mir etwas von ihm abzuschauen.

Wenn ich es doch nur geschafft hätte, dich zu umarmen! Wenn ich doch nur gewusst hätte, was ich sagen musste, um dich zurückzugewinnen! Doch was, wenn du bei meinem Anblick nur an ihn dachtest?

Hätte ich die Zeit zurückdrehen können – ich hätte mich damals in der Bar anders verhalten. Dann hätte ich mir vielleicht die eine oder andere erotische Phantasie mit meiner alten Flamme Camilla gegönnt, wäre aber anschließend brav nach Hause gegangen. Nur war es dafür jetzt leider zu spät.

Aber die schlimmste Zeit unseres Lebens wollte ich erstaunlicherweise um nichts in der Welt missen: die mit den vielen Spezialisten, den Hörgeräten und zerrissenen Silben. Die Zeit, die wir uns so ganz anders vorgestellt hatten, aber in der wir wenigstens noch eine Einheit waren.

Wenn du wüsstest, wie dumm ich mir jetzt vorkomme, Sandra! Jetzt, da ich begriffen habe, dass alles, was mir wichtig ist, niemals in einen Koffer passt!

Würde ich einen Roman schreiben – ich würde ihn dir widmen: deiner Hand auf dem Sessel, während du Matteos Hausaufgaben kontrollierst. Deinen Augen, die über die Korrekturfahnen huschen, während du einen Kuchen in den Ofen schiebst. Deinen winzigen Fältchen, denen du verschiedene Namen gegeben hast: Die zwischen den Brauen heißt nach mir, weil ich dich so oft geärgert habe, die auf der Stirn nach Matteo, weil du dich so um ihn gesorgt hast, und die um den Mund nach Alice, weil es nicht leicht war, sich gegen sie durchzusetzen. Die um die Augen stammen dagegen von der Geburt deiner drei Kinder.

Du vergisst nie etwas, weder Milch noch Geburtstage. Du findest immer eine Möglichkeit, zuzuhören und Fragen zu beantworten, gibst jedem das Gefühl, wichtig zu sein. Du bist einfach durch nichts zu ersetzen, und solange wir wissen, wo wir dich finden können, sind wir uns sicher, dass uns nichts passieren kann.

Auf solche Kleinigkeiten kommt es an, Sandra, aber das merke ich erst jetzt, auf der Zielgeraden. Vorher bin ich auf Abwege geraten, aber du hast treu auf mich gewartet.

Es kommt auf die Tage an, an denen wir nicht wussten, wie wir Matteo helfen sollten. Auf die Nächte im Krankenhaus, als wir uns fragten, ob Alice wohl verstand, dass wir sie nur bei der Oma ließen, weil es nicht anders ging. Auf das schlechte Gewissen, das du als Mutter ständig hattest, von dem du dich aber nie hast unterkriegen lassen. Auf die vielen Nachmittage in den Behandlungszimmern von Logopäden, Gebärdensprachlehrern und Musiktherapeuten.

Aber auch auf die Zeitung, die du mir aus der Hand reißt, kaum dass ich angefangen habe, sie zu lesen. Oder auf das Eis, das du aus meinem Schälchen isst, weil du dir einbildest, so nicht dick zu werden. Auf die knielangen Röcke, die bis oben hin zugeknöpften Blusen und deine zurückgebundenen Haare. Darauf, sehen zu dürfen, wie du vor Freude in die Luft springst, wenn Matteo Guten Tag sagt, ohne zu stottern, oder wie du mit Alice im Bad herumalberst und die Bürste ansingst, als wäre sie ein Mikrofon. Auf die Kerzen auf meiner Geburtstagstorte und darauf, dass du den Kindern beigebracht hast, mir entgegenzurennen, wenn ich von der Arbeit komme – denn das tun sie bis heute. Auf all die Kleider, die du nie gekauft hast, und Restaurants, in denen wir nie waren. Auf die lange Liste mit Reisewünschen, von denen noch keiner verwirklicht wurde. Auf den Arm, den du dir bei der Suche nach Alice verstaucht hast, und auf den kräftigen Fußtritt, mit dem du Matteo notfalls aus der Schultoilette befreit hättest. Du hast uns so viel zu geben und würdest alles tun, um uns zu retten.

Ordnung machen bedeutet, endlich zu begreifen, dass ich mich für dich entschieden habe.

GEMEINSAM SIND AUCH BAUERN STARK

(Einige Zeit später)

Matteo

Ich mag den Regen. Alle denken, das liegt daran, dass ich noch ein Kind bin und die Tropfen gern mit der Zunge auffange. Aber das stimmt nicht: Ich mag den Regen, weil ich ihn spüren kann und dann genauso bin wie alle anderen. Das gilt auch fürs Schachspielen, denn dabei muss man nicht reden. In meiner Welt der Stille gibt es keine Ablenkung. Als meine Schwester mir das Schachspielen beigebracht hat, habe ich den Eröffnungszug immer mit meiner Lieblingsfigur, dem Pferd, gemacht. Das tue ich heute noch, aber nur, wenn der Gegner mich nicht so gut kennt wie Ali.

In der Schule gab es mal einen Aktionstag, den »Schwarz-Weiß-Tag«. Alle sollten etwas Schwarz-Weißes mitbringen. Ich hätte gern Schokopudding mit Sahne gehabt, aber Alice meinte: »Nimm doch alte Fotos mit!« Erst war ich wenig begeistert, aber Mama ist sofort losgerannt und hat Kinderfotos von sich und Papa geholt. Ich musste über die komischen Klamotten lachen, die sie darauf anhatten. Mama hat uns alles Mögliche über die Leute erzählt, die mit auf den Bildern waren. Auch Papa hat von früher erzählt, vom Land und von Verwandten, die nach Australien ausgewandert sind.

Zwischendrin habe auch ich Erinnerungen beigesteuert: »Wisst ihr noch damals, als Alice von zu Hause weggelaufen ist?«

Denn genau das macht eine Familie aus: gemeinsame Erinnerungen und gemeinsames Schweigen.

Jetzt sitze ich hier und bin ganz aufgeregt. Es ist eine wichtige Partie. Ich habe es bis ins Halbfinale eines Turniers geschafft, das vom italienischen Schachverband ausgerichtet wird!

Habe ich eigentlich schon erwähnt, dass alle meine Gegner hören können? Ich fürchte, für sie ist das ein Nachteil, denn beim Schachspielen kommt es sehr auf die Konzentration an. Treffen zwei gleich gute Gegner aufeinander, gewinnt immer der mit den besseren Nerven. Und Geräusche können nun mal ziemlich ablenken. Aber das ist nicht mein Problem.

Mein Gegner scheint meine Strategie zu durchschauen. Er braucht ewig bis zum nächsten Zug, macht dann aber immer den richtigen.

Einmal habe ich heimlich im Badezimmerspiegel gesehen, wie Mama zu Papa gesagt hat: »Wenn er nicht taub wäre, wäre er perfekt!« Ich werde nie erfahren, was mein Vater geantwortet hat. Ich weiß nur noch, dass ich völlig vor den Kopf gestoßen war. Bis mir Ali erklärt hat, dass ich stolz darauf sein kann: Denn nur, wer Fehler hat, ist nicht langweilig und bleibt einem in Erinnerung. Insofern bin ich genau richtig, hat sie gesagt.

Ich mag keine Veränderungen, erst recht nicht, wenn es um meine Familie geht. Deshalb habe ich mich in meinem Zimmer eingeschlossen, als Mama gesagt hat, dass wir noch eine Schwester bekommen, also bald zu fünft sein werden. Wenn ich hören könnte, hätte ich es bestimmt früher gewusst, denn manchmal muss man lauschen, um die Wahrheit zu erfahren. Aber wenn ich hören könnte, hätte Mama bestimmt nicht noch ein Kind gewollt. Dann hätte ich ihr genügt.

»Wäre ich normal, hättest du das nicht getan …«

Bei diesen Worten hat Mama mich mit Gewalt hochgezerrt und mich gezwungen, sie anzusehen.

»Ich würde dich gegen nichts auf der Welt eintauschen, kapiert?« Dann hat sie mich umarmt, und über die Knochenleitung habe ich verstanden: »Wenn du wüsstest, wie sehr ich dich liebe.« Da habe ich sie auch umarmt.

Noch am selben Abend ist Alice zu mir ins Zimmer gekommen. Sie hat mir erklärt, dass es gar nicht so schwer ist, ein guter großer Bruder zu sein. Dass ich bloß tun müsse, was sie bei mir getan hat. Ich habe versprochen, sie nicht zu enttäuschen. Trotzdem habe ich mich die ganze Nacht gefragt, wie ich bloß mit meiner Schwester mithalten soll. Ich orientiere mich lieber an Papa, der wirkt auch manchmal etwas hilflos.

Etwas stimmt nicht, ich habe einen falschen Zug gemacht. Wenn ich Pech habe, wird mein Gegner das ausnutzen. Alice sagt, dass man zwischendurch immer mal wieder vom Schachbrett aufschauen soll. Anschließend hat man einen ganz neuen Blick darauf. Deshalb drehe ich mich zum ersten Mal zu meinem Publikum um. Mama hat meine Schwester Marta auf dem Schoß, und Alice und Papa starren gebannt zu mir herüber. Man könnte meinen, sie hätten aufgehört zu atmen. Dann zwinkert Ali mir zu, nimmt die Hand unserer Mutter und legt sie in die unseres Vaters. Ich lächle sie an, und als ich mich wieder auf meine Figuren konzentriere, sehe ich plötzlich eine Schneise, die mir vorher gar nicht aufgefallen ist. Ich ziehe mit meinem Turm vier Felder weiter, und schon muss der König des Gegners den Rückzug antreten. Jetzt schneidet ihm mein Pferd zwei Fluchtwege ab, und ich brauche nur noch mit dem Turm nachzurücken. Ich habe mein Ziel erreicht: Der gegnerische König ist schachmatt.

Nicht umsonst hat Alice immer gesagt: »Beschütze deinen König und alle, die du liebst.«

Ich springe auf und stoße einen Freudenschrei aus. Ich bin überglücklich, denn ich schreie wie jeder andere auch.

Mama hebt Marta hoch und zeigt auf mich, Papa klopft sich auf die Schenkel und ruft: »Los, komm her!«, während Alice mir entgegenrennt. Dann passiert etwas Phantastisches: Zum ersten Mal hebe ich *sie* hoch. Ich bin ihr Bruder und werde immer auf sie aufpassen. Wir halten zusammen, gemeinsam sind wir stark.

Manchmal glaube ich wirklich, ich bin der glücklichste Mensch überhaupt.

Ach so, ja, eines hätte ich fast vergessen: An dem Schwarz-Weiß-Tag bei uns in der Schule habe ich natürlich mein Schachbrett mitgenommen.

DIE KÖNIGIN KOMMT ERST GANZ AM SCHLUSS INS SPIEL

Sandra

Das Dümmste, was man von einer Mutter verlangen kann, ist, dass sie sich zwischen ihren Kindern entscheiden soll. Auch wenn das eine gesund ist – ein Glückskind, das keine Launen kennt und hervorragend alleine klarkommt – und das andere hörbehindert – ein Sorgenkind, das sich nicht mal umdreht, wenn man es ruft, und bei dem man ständig Angst haben muss, es könnte überfahren werden, sobald es die Straße überquert. Eine Mutter wird es niemals schaffen, sich zwischen beiden zu entscheiden, auch wenn sie weiß, dass sie sich spontan immer erst um das Hilflosere kümmern wird.

Als Alice sich ankündigte, fuhren mich meine Eltern ins Krankenhaus, denn Alberto war im Stau stecken geblieben. Er kam gerade noch rechtzeitig, um ihre Geburt mitzuerleben. Aber während ich in den Wehen lag und dachte, ich würde bei lebendigem Leib zerrissen, fühlte ich mich wahnsinnig einsam. Obwohl alle möglichen Ärzte, Schwestern und Pfleger da waren, machte es mir große Angst, dass Alberto fehlte. Doch als man mir dann meine Tochter in den Arm legte, waren alle Sorgen vergessen.

Matteo wiederum kam während eines plötzlichen Gewitters zur Welt. Ich weiß noch, dass die Wehen genau in dem Moment losgingen, als es anfing zu hageln. Ich lief im Flur auf und ab, rief nach meinem Mann und meiner Mutter. Ein stechender Schmerz ließ mich in die Knie gehen, und Alberto konnte mich gerade noch auffangen.

An diesen Moment habe ich bestimmt tausendmal zurückgedacht, wenn ich mit dir, Matteo, in der Notaufnahme saß und darauf wartete, dass mir irgendjemand etwas sagte. Etwas, das mir wenigstens ein bisschen Hoffnung gab.

Mit diesem stechenden Schmerz wolltest du mir sagen, dass du in meinem Körper besser aufgehoben warst.

Es tut mir leid, mein Schatz: Fast hätte ich es geschafft, dich perfekt zur Welt zu bringen.

Jetzt sitze ich hier und habe deine Schwester Marta auf dem Arm. Das Herz schlägt mir bis zum Hals, und ich wippe unruhig mit den Beinen, weil ich diese Stille nicht ertragen kann. Seit deiner Geburt ist das so.

Es sind bestimmt Hunderte von Leuten gekommen, um dich zu sehen. Es ist ein wichtiges Turnier, und du bist die Hauptperson. Aber ich muss dringend an etwas anderes denken, sonst breche ich noch in Tränen aus.

Ich frage mich, wie es eigentlich kommt, dass wir hier sitzen. Fast hätten dein Vater und ich alles hingeworfen. Doch dann haben wir durchgehalten, und alles hat sich wieder eingerenkt. Es ist zwar eine Narbe zurückgeblieben, die nie ganz weggehen wird, aber das ließ sich vermutlich nicht vermeiden. Wer weiß, ob du je was gemerkt hast? Aber vielleicht hast du sogar längst alles begriffen und uns verziehen, weil auch wir nicht perfekt sind.

Hätte dein Vater nicht alles aufs Spiel gesetzt, hätte er uns auch nicht retten können. Nur ihm haben wir es zu verdanken, dass es uns immer noch gibt. Während ich hilflos auf den Scherbenhaufen unserer Familie gestarrt habe, hat er sämtliche Scherben aufgehoben und wieder zusammengeklebt. Ich glaube, das ist das Größte, was er je in seinem Leben getan hat, und er hat es für uns getan: für dich, von dem er immer noch lernt. Für Alice, seinen Augenstern. Und für mich: Zum ersten Mal habe ich begriffen, dass ich es nicht nur aus eigener Kraft bis hierher geschafft habe, sondern auch, weil er stets an meiner Seite war. Und natürlich hat er es auch für Marta getan, denn sie hat einen ebenso tollen Vater verdient wie ihr.

Als Marta geboren wurde, waren wir schon Profis. Ich war die älteste Mutter auf der Neugeborenenstation und hatte beim Packen der Krankenhaustasche wirklich an alles gedacht. Ganz einfach, weil ich Erfahrung hatte. Dafür kam mir Martas Weinen so laut vor, dass es mir das Herz zerriss. Immer wieder habe ich darum gebeten, dass man sie gründlich untersuchte. »Hört sie uns? Sieht sie uns? Wird sie jemals laufen können?«

Ich hatte viele Abende im Internet verbracht und wusste, dass Marta gute Chancen auf ein normales Gehör hatte. Es tut mir leid für dich, das sagen zu müssen, aber ich bin erleichtert, dass sie einen nicht ganz so steinigen Weg vor sich hat. Denn auch wenn ich mich nicht zwischen euch entscheiden kann, weiß ich doch, was ich mir für euch wünschen würde.

Es ist wirklich erstaunlich, aber man gewöhnt sich an alles. An Arztbesuche, negative Testergebnisse und das, was alles nicht mehr geht. Aber mit dem, *was* noch geht, will man sich auch nicht zufriedengeben.

Du hast jede Menge Fortschritte gemacht, zig Stunden bei der Logopädin verbracht und gelernt, dich mit Gebärden und Worten auszudrücken. Eigentlich weiß ich, dass du prima klarkommst. Trotzdem sitze ich hier wie so eine Übermutter und bete darum, dass du diese Partie gewinnst. Du vollbringst etwas Unglaubliches – etwas, das ich vor zehn Jahren noch für völlig unmöglich gehalten hätte. Deshalb schaue ich zu Alice und deinem Vater hinüber, die sich wie hypnotisiert an der Hand halten. Sie machen keinen Mucks, um dich ja nicht zu stören, denn für sie bist du tatsächlich wie die anderen. Wie jemand, der es aus eigener Kraft schaffen kann. Aber für mich wirst du immer jemand bleiben, der ganz besonders verletzlich ist, und deshalb bete ich stumm vor mich hin.

Ich werde oft gefragt, wie ich das eigentlich mache, und ehrlich gesagt, will ich es gar nicht wissen. Die Leute sehen deine Hörgeräte und denken: »Zum Glück sind wir von so was verschont geblieben.« Aber bitte versteh mich nicht falsch, ich kann ihnen das nicht mal vorwerfen. Manche Dinge versteht man erst, wenn man sie am eigenen Leib erfährt. Ich muss dich nur anschauen und sehe den Jungen, der seiner Schwester Zöpfe flicht, der in Gebärdensprache um sein Pausenbrot bittet, der allein zur Schule geht, auch wenn ich ihm heimlich folge. Willst du noch mehr hören? Ich will keinen Sohn, der nicht taub ist, denn dieser Junge wäre nicht du.

Deine Schwester hat gerade meine Hand genommen und sie in die deines Vaters gelegt. Ständig frage ich mich, was sie wohl über mich denkt, ob sie meine Entscheidungen als Frau und Mutter nachvollziehen kann. Vielleicht wird sie mich irgendwann darauf ansprechen. Oder aber ich muss warten, bis sie selbst Mutter wird.

Aber wenn ich euch so anschaue, sehe ich auch, dass ich etwas richtig gemacht haben muss. Im Moment spüre ich die warme Hand deines Vaters, die mich sanft streichelt, und ich bekomme eine Gänsehaut, weil ich nicht weiß, wann wir das letzte Mal so zärtlich zueinander waren. Doch es fühlt sich nach wie vor gut an.

Auf einmal hast du zu uns herübergeschaut und gelächelt, dabei ist mir fast das Herz stehen geblieben. Doch schon nach wenigen Zügen sind alle aufgesprungen, weil du diese Partie allen Vorhersagen zum Trotz gewonnen hast. Aber wir waren schon immer gut darin, solche Vorhersagen Lügen zu strafen. Ich bin stolz auf dich.

Nachwort

Dieser Roman hat sich fast wie von selbst geschrieben, als in meinem Kopf irgendwann dieser verängstigte Vater Gestalt annahm. Der hat mir erzählt, was so alles in einem vorgeht, wenn man erfährt, dass das eigene Kind taub geboren wurde.

Die Zerbrechlichkeit der Liebe erzählt die Geschichte einer unsichtbaren Behinderung. Denn obwohl Taubheit erblich bedingt sein kann, wird sie häufig erst sehr spät festgestellt – nämlich dann, wenn man sich längst in Sicherheit wiegt. Warum hat man sich nach der Geburt darauf beschränkt, sämtliche Finger und Zehen zu zählen und auf den erlösenden Schrei zu warten? Warum hat man nicht noch mehr Fragen gestellt – die richtigen Fragen, die zwar auch nichts geändert hätten, aber einem wenigstens diese enorme Verunsicherung erspart hätten?

Sandra, die Mutter, hätte mir die Geschichte nie so erzählen können. Sie hat die Angewohnheit, sich in den unzähligen Details zu verlieren, die Matteo ausmachen, anstatt zu sagen, was ihm fehlt. Deshalb ist das Buch aus Albertos Perspektive geschrieben. Er tut, was eigentlich jeder Familienvater tun sollte: Er nimmt die Situation in die Hand. Aber dieser Mann wollte mir auch von seinem starken Wunsch erzählen, nämlich dem, seiner ebenso anstrengenden wie außergewöhnlichen Familie zu entfliehen. Von seinem Wunsch, wieder ein sorgloser Teenager zu sein, die Zeit zurückzudrehen und etwas leben zu dürfen, was in der Schwebe geblieben ist.

Die Zerbrechlichkeit der Liebe handelt von einer Mutter, die alles für ihre Familie tun würde. Von einem Mädchen, das nicht zulässt, dass bestimmte Regeln gebrochen werden, denn in der stillen Welt ihres Bruders ist kein Platz für Chaos – erst recht nicht für moralisches Chaos. Für dieses Mädchen gibt es nichts Schlimmeres als einen Vater, der nicht erwachsen werden will, denn er gefährdet ihr wichtigstes Ziel: dass ihr Bruder trotz allem glücklich wird.

Die Zerbrechlichkeit der Liebe handelt vor allem von Matteo, von einem Jungen, der beweist, dass wir keineswegs perfekt sein müssen, um etwas Besonderes zu sein. Aber dass wir immer etwas brauchen, worauf wir stolz sein können – sei es nun ein persönliches Ziel oder einen Menschen, den wir lieben.

Dank

Beim Schreiben dieses Romans habe ich mich gefühlt wie frisch verliebt, denn es war die reinste Achterbahn der Gefühle. Man wächst an dieser enormen Aufgabe, lernt, Risiken einzugehen und die Verantwortung dafür zu tragen. Es war wirklich eine wunderbare Erfahrung, aber das Verrückteste ist, dass mir ausgerechnet jetzt, da alles fertig ist, die Worte fehlen, um mich angemessen zu bedanken. Ich danke allen meinen Lesern für ihre Treue und die Glücksgefühle, die sie mir schenken, wenn sie ihre Leseerfahrungen mit mir teilen. Ich danke Elisabetta für ihre aufbauenden Worte und dem ganzen Team von Garzanti: Ein Verlag ist immer nur so gut wie die Menschen, die für ihn arbeiten. Gar nicht genug danken kann ich Silvia, die oft mehr an mich geglaubt hat als ich selbst, und das will was heißen!

Widmen möchte ich diese lange Liebesgeschichte allerdings Paolo, dem perfekten Partner, und zwar nicht nur für mich, sondern auch für alle meine Figuren; und meinen besten Freundinnen Stefania, Lucia, Francesca, Michela und Mari. Den Menschen, die trotz allem irgendwie Zeit für mich finden und mich nie im Stich lassen wie Marina, Lucia und Mauro, Massimo, Stefano und Claudia; meiner Familie, die schon mal für beste Ausgangsbedingungen gesorgt hat und manchmal mein einziger Halt war: Mama, Papa, Fabio und Svetlana.

Und natürlich Laura, die mir immer wieder neue Perspektiven aufzeigt, Dinge, die ich selbst durchgemacht, aber wieder vergessen habe, und dank deren ich mich manchmal wieder selbst wie ein Kind fühlen darf.